20 τυχαίες ιστορίες

του

Martin Lundqvist

Αυτό είναι ένα έργο μυθοπλασίας. Οι ομοιότητες με πραγματικούς ανθρώπους, μέρη ή εκδηλώσεις είναι εντελώς συμπτωματικές.

20 τυχαίες σύντομες ιστορίες

Πρώτη έκδοση. 25 Σεπτεμβρίου 2020.
Πνευματικά δικαιώματα © 2020 Martin Lundqvist.
Γράφτηκε από τον Martin Lundqvist.
Μεταφράστηκε από τη Χριστίνα Μακρίδου

Φόνος στο Γκαν

Τ αξίδευα με το Γκαν, το πολυτελές νυχτερινό τρένο που διασχίζει την Αυστραλία, από την Αδελαΐδα μέχρι το Ντάργουιν. Για τους περισσότερους είναι ένας πολύ ωραίος τρόπος για να γνωρίσουν το άγνωστο εσωτερικό της Αυστραλίας, αλλά για μένα, ήταν κάτι άλλο. Ήμουν σε αποστολή.

Λέγομαι Σαμάνθα Νυαμγουάσα και είμαι η μοναδική επιζήσασα της οικογένειάς μου από τη γενοκτονία της Ρουάντα το 1994. Πήρα αυτό το τρένο για να σκοτώσω τον Πάτρικ Μπαγκοσόρα, αυτόν που δολοφόνησε την οικογένειά μου χωρίς να του απονεμηθεί δικαιοσύνη, αφού έφυγε για να ζήσει στην Αυστραλία με πλαστή ταυτότητα.

Τελείωσα το ποτό μου στο πολυτελέστατο βαγόνι-εστιατόριο και είπα στον Τζέικομπ, τον άντρα μου,

πως ήθελα να πάω στο μπάνιο. Δεν το χρειαζόμουν, είχα κάτι πολύ πιο σημαντικό να κάνω. Είχε έρθει η ώρα για τον Πάτρικ Μπαγκοσόρα να έρθει αντιμέτωπος με τη δικαιοσύνη. Έκανα μια δημοσίευση απαριθμώντας λεπτομερώς τα εγκλήματα του Πάτρικ και πήρα το όπλο που είχα αγοράσει παράνομα. Αμέσως μετά άρχισα να κάνω ζωντανή μετάδοση βίντεο στο ίντερνετ και πήγα προς το βαγόνι του Πάτρικ. Άνοιξα την πόρτα και

πυροβόλησα τον άνθρωπο που είχε δολοφονήσει την οικογένειά μου, μεταδίδοντας το φόνο ονλάιν. Ο Τζέικομπ με είχε δει και ήρθε τρέχοντας προς το μέρος μου. 'Σαμάνθα, τι έκανες!' 'Το έκανα' 'Έκανες τι;' 'Σκότωσα τον

Πάτρικ'
'Αλλά γιατί; Τρελάθηκες'
'Όχι, σκότωσε την
οικογένειά μου. Εγώ δεν
μπορώ να κάνω παιδιά,
θα είμαι η τελευταία της
οικογένειας. Το είχα πάρει
απόφαση.'
'Και τι κάνουμε τώρα;'
'Θα κάνω αυτό που έπρεπε
να είχε κάνει ο Πάτρικ. Θα
αναλάβω τις ευθύνες μου
και θα δεχθώ την τιμωρία.'
Λίγο αργότερα το τρένο
σταμάτησε και η αστυνομία του Άλις
Σπρινγκς με συνέλαβε. Μερικές μέρες
μετά, έμαθα τα νέα. Η νεκροψία
έδειξε πως ο Πάτρικ Μπαγκοσόρα
είχε πεθάνει αρκετές ώρες πριν τον
πυροβολήσω εγώ. Κάποιος τον είχε
δηλητηριάσει την προηγούμενη νύχτα.
Το δικαστήριο με καταδίκασε για
περιύβριση νεκρού και παράνομη
οπλοκατοχή και οπλοχρησία. Επειδή η
περίπτωση ήταν πολύ ιδιαίτερη, η δίκη
πήρε διεθνή δημοσιότητα κι εγώ είχα
την ευκαιρία να πω την ιστορία της
οικογένειάς μου και να θυμίσω στον

κόσμο το δράμα της Ρουάντα.
Ένα χρόνο αργότερα, τελείωσε η
ποινή φυλάκισής μου και έκανα κάτι
που έπρεπε να το είχα κάνει καιρό
πριν. Επέστρεψα στη Ρουάντα, για
να επισκεφτώ τον οικογενειακό τάφο
των δικών μου, που βρίσκονταν σε ένα
όμορφο νεκροταφείο.
Γονάτισα στο μνήμα, ελπίζοντας πως
τα πνεύματα των προγόνων μου θα
με άκουγαν και θα μου μιλούσαν.
'Διέπραξα τον τέλειο φόνο. Ομολόγησα
τον δεύτερο φόνο του Πάτρικ
Μπαγκοσόρα, πράγμα που έπεισε την
αστυνομία πως δεν τον είχα σκοτώσει
εγώ. Στην πραγματικότητα εγώ ήμουν.
Του έδωσα να πιει μια παγωμένη
Μαργαρίτα με κυάνιο, εκείνη τη νύχτα
που πέθανε. Αυτός δεν κατάλαβε
τίποτα, ούτε και οι αστυνομικοί,' είπα
χαμογελώντας.

Η περιέργεια έσωσε τη γάτα.

Είμαι ένας στειρωμένος γάτος οκτώ χρονών. Η συγκάτοικός μου με φωνάζει Εδέμ, αλλά εγώ προτιμώ το όνομα Σκάκι, γιατί είμαι ασπρόμαυρος κι έχω κάτι σχέδια σαν σκάκι στη γούνα μου. Η συγκάτοικός μου λέγεται Άντζελα, αλλά εγώ τη λέω Γκριζοχαίτη γιατί είναι μια γριά άνθρωπος με μακριά γκρίζα μαλλιά. Η Γκριζοχαίτη κι εγώ είμαστε φίλοι εδώ και χρόνια, μου παρέχει καταφύγιο και πεντανόστιμο φαγητό κι εγώ της το ανταποδίδω κάνοντας παρέα μαζί της γιατί φαίνεται πολύ μόνη. Κάνω μια βαρετή αλλά εύκολη ζωή.

Σήμερα προσπάθησα να την ξυπνήσω όπως κάνω πάντα. Αλλά υπήρχε κάποια διαφορά. Ήταν κρύα και δεν κουνιόταν. Το ξέρω αυτό το πράγμα από τα ποντίκια που σκοτώνω αλλά δεν τα τρώω, αφού η Γκριζοχαίτη μου δίνει καλύτερο φαγητό. Η γυναίκα συγκάτοικός μου ήταν νεκρή. Ήμουν λυπημένος για το θάνατό της, αλλά πιο πολύ ανησυχούσα. Τι θα γινόταν η άνετη ζωή μου, και πώς θα έβρισκα τροφή; Έχω δει τις γάτες

που ζουν στο δρόμο. Ζουν μια μίζερη ζωή, συνεχώς αγωνίζονται για να βρουν τροφή και ζωτικό χώρο. Πώς θα μπορούσα να ζήσω σε τέτοιες συνθήκες; Ήξερα πως έπρεπε να βρω καινούριο άνθρωπο να με φιλοξενήσει, αλλά θα ήταν επικίνδυνη κίνηση. Αν δεν άρεσα στους ανθρώπους, μπορεί να με κλείδωναν μέσα ή να με σκότωναν. Αλλά αν προσπαθούσα να ζήσω μόνος μου, το πιο πιθανό θα ήταν να πεθάνω της πίνας ή να με δολοφονήσουν οι αγριόγατοι της γειτονιάς. Έτσι κατέστρωσα ένα πλάνο. Αν μπορούσα να πω στους άλλους ανθρώπους τι είχε συμβεί στην Άντζελα, θα γινόμουν ήρωας και θα με δέχονταν. Βρήκα το τηλέφωνο της Άντζελα. Την έχω δει να μιλάει σ᾽ αυτό, οπότε σκέφτηκα να το επιχειρήσω κι εγώ. Για μισή ώρα προσπαθούσα να νιαουρίσω μέσα στο τηλέφωνο, αλλά δεν έγινε τίποτα. Κατάλαβα πως θα έπρεπε να βγω από το διαμέρισμα για να βρω βοήθεια. Ζω στο δεύτερο πάτωμα, αλλά το παράθυρο ήταν ανοιχτό και βγήκα έξω. Όταν έφτασα κάτω, βρέθηκα σε ένα μαγαζί με πλυντήρια αυτοεξυπηρέτησης.

Σκέφτηκα, 'Ίσως αν πατήσω το κουμπί, μπορεί να έρθει κάποιος;'. Ήξερα πως ήταν δύσκολο να πατήσω το κουμπί και γι' αυτό πήδηξα δυνατά και έδωσα μια με το κεφάλι στο κουμπί για πιο πολλή δύναμη. Το μηχάνημα άρχισε να κάνει έναν περίεργο θόρυβο. Ο θόρυβος προκάλεσε την προσοχή της κυρίας των πλυντηρίων. Ήρθε και μου μίλησε: 'Α, εσύ δεν είσαι ο γάτος της Άντζελας;'. 'Νιάου νιάουι', απάντησα (σιχαίνομαι τις περιορισμένες μου φωνητικές δυνατότητες). 'Συνέβη κάτι στην Άντζελα;' ρώτησε. 'Νιάου νιάου', απάντησα και άρχισα να της δείχνω το δρόμο για το διαμέρισμα της Άντζελα. Ευτυχώς, αυτή κατάλαβε και με ακολούθησε μέχρι την πόρτα του διαμερίσματος. Της έκανα το πιο θλιμμένο μου νιαούρισμα και αυτή χτύπησε την πόρτα κάμποσες φορές. Τελικά χρησιμοποίησε το δεύτερο κλειδί που της είχε δώσει η Άντζελα, μπήκε μέσα και βρήκε το σώμα της Άντζελας. Η γυναίκα που καθάριζε, Έλεν τη λέγανε, ήταν καλή και με άφησε να μείνω στο διαμέρισμά της. Είχε κι αυτή μια γάτα και τώρα έχω μια γάτα φίλη, αν και μερικές φορές μου λείπει η αγαπημένη μου γριά άνθρωπος Άντζελα.

100 Tinder ραντεβού.

'Το Σεξ και Άλλες Ψυχολογικές Ανάγκες'. Κοίταξα το βιβλίο που διάβαζε η κοπέλα που είχα ραντεβού μαζί της από το Tinder. Μου είχε φανεί περίεργο που ζήτησε να συναντηθούμε μέσα στη βιβλιοθήκη, αλλά ορίστε, εκεί ήταν. Με βάση το βιβλίο που διάβαζε θα μπορούσε να είναι ένα πολλά υποσχόμενο ραντεβού!

'Έμμα;' Ρώτησα και εκείνη άφησε κάτω το βιβλίο και μου χαμογέλασε.
'Γεια. Μάλλον είσαι ο Τζέφρυ;' Απάντησε η Έμμα.
'Ναι. Ενδιαφέρουσα επιλογή βιβλίου! Είπα και της έκλεισα το μάτι.

'Πράγματι, αυτό το βιβλίο λέει πράγματα που θα σε κάνουν να κάνεις προγούλι,' είπε η Έμμα σαγηνευτικά.

'Προγούλι; Τι εννοείς;' Είπα και αμέσως δάγκωσα τη γλώσσα μου γιατί είχα αφήσει την άγνοιά μου να κάνει τη συζήτησή μας που πήγαινε σε καλό δρόμο, να λοξοδρομήσει.
'Θα έμενες με το στόμα ανοιχτό, μεταφορικά μιλώντας βέβαια,' είπε η Έμμα.
'Ναι, βέβαια. Φαίνεται πως οι βιβλιοθήκες είναι καλό μέρος για να μάθεις πράγματα. Ήρθα εδώ πριν από ένα λεπτό και ήδη έχω μάθει μια καινούρια λέξη.' Είπα και

χαμογέλασα.

'Φαντάσου τι θα γινόταν αν περνούσες κάνα δυο ώρες μαζί μου. Θα γινόσουν άλλος άνθρωπος.' Είπε με ενθουσιασμό. Σκέφτηκα τα λεγόμενά της. Χρειαζόμουν οπωσδήποτε να γίνω άλλος άνθρωπος κι εκείνη φαινόταν καλή δασκάλα. Χαμογέλασα πάλι και της μίλησα 'Τι θα 'λεγες να πηγαίναμε στο καφέ που έχει στον επάνω όροφο; Όσο κι αν μου αρέσουν τα βιβλία, το να καθόμαστε εδώ και να διαβάζουμε δεν θα ήταν και πολύ καλό για πρώτο ραντεβού.'

'Ω, πως φαίνεται πως δεν έχεις βγει ραντεβού μαζί μου. Το να διαβάσουμε μαζί θα έκανε πολύ ενδιαφέρον το απόγευμα. Αλλά κι ο καφές, καλός είναι.' Είπε η Έμμα με ένα χαμόγελο.
Ανεβήκαμε στον πάνω όροφο κι εγώ πήγα και ζήτησα δυο καπουτσίνο. Ενώ ετοιμαζόμουν να πληρώσω, έμεινα κάγκελο γιατί μόνο τότε συνειδητοποίησα πως δεν είχα φέρει λεφτά και δεν είχα ιδέα ποια από τις 24 πιστωτικές μου κάρτες είχε πίστωση. Τις χρειαζόμουν όμως όλες γιατί μ' αυτές έδειχνα το στάτους μου. Το μηχάνημα απέρριπτε τις κάρτες μου τη μία μετά την άλλη κι εγώ άρχισα να πανικοβάλλομαι στην προσπάθειά μου

να βρω κάποια που να λειτουργεί. Άι στο καλό, αυτό το ραντεβού ήταν ίδιο, καρμπόν με το προηγούμενο.

Τελικά η Έμμα έδωσε στην ταμεία ένα δεκαδόλαρο και μειδίασε ελαφρά όπως παίρναμε τους καφέδες μας στο τραπέζι. Δυστυχώς δεν μπορούσαμε να μιλήσουμε καθόλου γιατί είχε πολύ θόρυβο από έξω και χτύπησε και το τηλέφωνό μου. 'Μην ενοχλείσαι, απάντησέ το,' είπε εκείνη. Το απάντησα απρόθυμα. 'Πώς πήγε το ραντεβού σου;' Ήταν ο Μάρτιν, ο συγγραφέας φίλος μου που ρωτούσε. 'Ακόμα εκεί είμαι' απάντησα. 'Ε τότε να μην ενοχλώ,' είπε ο Μάρτιν και έκλεισε.

'Ας τα να πάνε' σκέφτηκα και γύρισα για να μιλήσω με την Έμμα.
Η Έμμα είχε φύγει! Μάλλον την είχε κοπανήσει την ώρα που μιλούσα στο τηλέφωνο. Από μέσα μου φώναζα. Παρότι ήμουν ένας επιτυχημένος δικηγόρος, είχα πάει σε 100 ραντεβού από το Tinder, χωρίς σεξ!

Ένας παραμυθένιος γάμος

Η ατμόσφαιρα ήταν βαριά από καπνό και ανυπομονησία. Παντρευόταν ο καλύτερός μου φίλος και ένας ήταν ο τρόπος για να το γιορτάσουμε: πάρτι λες και ήταν καλοκαίρι του '69.

Κοίταξα τις σημειώσεις μου. Θα έπρεπε να βγάλω και λόγο, αλλά δεν μπορούσα να αποφασίσω τι ήθελα να πω. Με τον φίλο μου πειραζόμασταν άγρια, αλλά θα έπρεπε να κρατήσω κάποια ισορροπία γιατί οι άλλοι δεν θα καταλάβαιναν το χιούμορ μας.

Η σέξι αδερφή του φίλου μου, που ήταν επίσης η νύφη, μου μίλησε με αισθησιασμό: 'Έχεις σχεδιάσει κανένα φόνο ή καμιά εκτέλεση γι' αυτό το γάμο;' Ναι, ο γάμος γινότανε στο Westeros! Δεν ξέρω πώς να απαντήσω. Να αποκαλύψω το σχέδιό μου να δηλητηριάσω τον Βασιλιά για να του πάρω το θρόνο ή να το παίξω κουλ; Αποφάσισα να αποκαλύψω τα πλάνα μου, κάνοντάς το να φανεί σαν αστείο. 'Τίποτα το ιδιαίτερο Ντανιέλ, μόνο θα ρίξω λίγο δρακόντιο στην κούπα του βασιλιά για να βάλω φωτιά στο πάρτι,' είπα και γέλασα. 'Α, πολύ θα ήθελα να το δω αυτό,' απάντησε η Ντανιέλ και μου έκλεισε το μάτι όπως έφευγε για να πάει με τους άλλους καλεσμένους.

Το πρόβλημα με τα αστεία για φόνους βασιλιάδων είναι πως δεν ξέρεις πώς θα τα πάρουν οι άλλοι μέχρι να τα δοκιμάσεις. Βέβαια, ένα πράγμα μπορώ να σας πω με σιγουριά, οι παραμυθένιοι γάμοι προκαλούν απίστευτο στρες.

Όταν προσγειώνομαι πίσω στη γη, συχνά ακούω τις γυναίκες

να λένε πως θέλουν παραμυθένιο το γάμο τους. Δεν ξέρουν τι λένε. Έχω πάει σε δέκα παραμυθένιους γάμους και στους οκτώ απ' αυτούς συνέβησαν μοιραία γεγονότα. Φόνοι βασιλιάδων, επιθέσεις δράκων, εξοργισμένες νεράιδες και εκδικητικοί θεοί, είναι θαύμα που είμαι ακόμα ζωντανός!

Έχω επίσης παραστεί σε αρκετούς γάμους στην πραγματική ζωή. Το σημαντικότερο γεγονός στο οποίο ήμουν μάρτυρας, ήταν όταν γύρισε ο αστράγαλος κάποιου καλεσμένου. Το θέμα ταχτοποιήθηκε με λίγο πάγο. Οπωσδήποτε λιγότερο τρομακτικό από τον Μόργκορ το δράκο! Και μιλώντας για τον Μόργκορ, καπνός είναι αυτό που μυρίζω; Πανικοβλήθηκα γιατί δεν είχα φέρει το ξίφος μου, ούτε το μαγικό ραβδί μου. Τότε κατάλαβα πως βρισκόμουν στον πραγματικό κόσμο και ο καπνός προέρχονταν από μια μικρή φωτιά στην κουζίνα. Κάποιος είχε ενεργοποιήσει προληπτικά το συναγερμό φωτιάς.

Ο συναγερμός σταμάτησε και θα έπρεπε να βγούμε έξω στην παγωμένη βροχή. Η πραγματική νύφη του φίλου μου, η Σάντρα είχε στεναχωρηθεί και έκλαιγε γιατί θα χάλαγε το φόρεμά της. Τα έριχνε στο φίλο μου τον Μπράιαν για τη βροχή. 'Είχα ονειρευτεί έναν παραμυθένιο γάμο και κοίτα τι μου έδωσες,' του φώναζε. 'Vive Silencia Noctis,' είπα και αμέσως συνειδητοποίησα πως το ξόρκι της σιωπής δεν λειτουργούσε στον πραγματικό κόσμο. 'Πώς;' ρώτησε η Σάντρα.

'Τουλάχιστον δεν πέθανε κανείς,' είπα με καθησυχαστική φωνή.
'Δεν μπορώ να το πιστέψω πως ο Μπράιαν σε έκανε κουμπάρο του,' είπε η Σάντρα και την κοπάνησε.
Τελικά, σβήστηκε η φωτιά και επιστρέψαμε στην αίθουσα. Μπαίνοντας, με πλησίασε ο Μπράιαν: 'Πρόφερες το Noctis ένα τόνο πιο ψηλά!' είπε απογοητευμένος και επέστρεψε στη θέση του κοντά στη νύφη.

Ένας αγώνας τένις υψηλού επιπέδου!

'**Β**ολή δεξιοτεχνίας!' παινεύτηκα, όταν η τέλεια βολή μου έφτασε στην πίσω γραμμή του Σεμπάστιαν, του αντιπάλου μου. 'Σώπα! Ήταν καθαρή τύχη!' ο Σεμπάστιαν έκανε μια γκριμάτσα.

Σκέφτηκα τι μου έλεγε ο Σεμπάστιαν. Είχα κάνει 11 καλές βολές σε όλο τον αγώνα, και είχαμε δύο ώρες που παίζαμε γεμάτες. Ευτυχώς δεν κρατούσα λογαριασμό για τις κακές βολές μου, γιατί θα έπεφτα σε κατάθλιψη ή θα έπρεπε να σπάσω τη ρακέτα μου από τα νεύρα. Πάντα πρέπει να σκέφτεσαι την θετική πλευρά της ζωής. Λέω στον εαυτό μου πως είμαι ένας επιτυχημένος συγγραφέας, πως τα βιβλία μου έχουν μεταφραστεί σε εννέα διαφορετικές γλώσσες, χάρη στα διαδικτυακά φόρουμ για βιβλία.

Ωστόσο, δεν προσπαθώ να θυμίσω στον εαυτό μου πως τα βιβλία μου μου έχουν αποφέρει συνολικά μόνο δύο δολάρια. Ενώ ακόμα ένιωθα τον ήχο της τελευταίας μου δεξιοτεχνικής βολής, παρατήρησα το ψυχρό μισοφέγγαρο που έφεγγε μέσα από ένα θολό κάλυμμα από σύννεφα. Σε γενικές γραμμές έλαμπε όπως και οι ικανότητες του Σεμπάστιαν στο τένις, πολύ αμυδρά δηλαδή.

'Κόφτο' είπε η φώναξε ο εσωτερικός μου εαυτός. 'Αν ο Σεμπάστιαν είναι κακός τενίστας, πώς γίνεται να έχεις χάσει τρεις συνεχόμενους αγώνες απ' αυτόν;' συνέχιζε η μέσα μου φωνή. Άκουσα αυτήν την φωνή της λογικής και έβγαλα το συμπέρασμα πως θα έπρεπε να νικήσω αυτό το ανυπέρβλητο εμπόδιο που στέκονταν στην άλλη πλευρά του φιλέ. Ήταν ώρα να ξανακερδίσω την τιμή μου ως πρωταθλητής του τένις στο Raleigh Park. Ή τουλάχιστον να είμαι ο καλύτερος παίχτης μέσα στον κύκλο των φίλων μου.

'Έχεις δίκιο' παραδέχτηκα καθώς έσφιγγα το χέρι του Σεμπάστιαν την ώρα που αλλάζαμε πλευρά.

'Φυσικά. Το τελικό γκέιμ του αγώνα. Έτοιμος να λαχανιάσεις και να χάσεις λόγω βάρους, όπως κάνεις πάντα;' ο Σεμπάστιαν με κορόιδευε.

Δέκα μπαλιές αργότερα, αφού χτύπησα το φιλέ, τα δέντρα, το αυτοκίνητο του γείτονα, ήρθε η ευκαιρία. Το μπαλάκι ερχόταν ακριβώς εκεί που έπρεπε

στη ρακέτα μου. Συγκεντρώθηκα στο χτύπημα και το έκανα τέλεια. Η μπάλα βρήκε λίγο πριν τη γραμμή, άπιαστη για τον άναυδο αντίπαλό μου. Ωραίος ο παίχτης!

Ο Σεμπάστιαν πλησίασε και μου είπε: 'Εντυπωσιακό, δεν έχασες την αναπνοή σου ούτε μια φορά.'
Το δέχτηκα και απάντησα: 'Πράγματι. Κι έχω πολλές ακόμα νίκες μπροστά μου. Γιατί αυτή η μπαλιά φίλε μου δείχνει πώς εκτελεί αυτός που χάνει σερί.

Ξέπλυμα χρήματος στο πλυντήριο.

Ταξίδευα τον κόσμο με σακίδιο και βρισκόμουν στο Σύδνεϋ για μια εβδομάδα. Ένα πρόβλημα που αντιμετωπίζεις πάντα όταν ταξιδεύεις έτσι είναι το πλύσιμο των ρούχων κι έτσι έψαχνα κάποιο κατάστημα με πλυντήρια. Κάποια στιγμή βρήκα ένα που φαινόταν οικονομικό και αξιοπρεπές, τέλειο για τον προϋπολογισμό μου. Μπήκα μέσα και ήταν κάπως περίεργα τα πράγματα. Αυτά τα μέρη συνήθως έχουν κάποιον υπάλληλο που εισπράττει τα χρήματα ή κάποιο αυτόματο σύστημα που βάζεις κέρματα αν δεν υπάρχει άνθρωπος, για να είναι σίγουροι πως θα πληρώσεις για τις υπηρεσίες που σου παρέχουν. Δεν έβλεπα να υπάρχει τίποτα απ' αυτά.

Πλησίασα σε ένα μηχάνημα για το μελετήσω από κοντά. Έχω περάσει τα τριάντα κι αυτό θα μπορούσε να είναι κανένα πολύ χάι-τεκ κατάστημα όπου πληρώνεις με μπιτκόιν ή με Pay-Pal ή με ποιος ξέρει τι. Εξέτασα καλά

το μηχάνημα και προς έκπληξή μου, ακούστηκε ένας ήχος πιάνου όταν πάτησα ένα κουμπί. Πάτησα άλλα κουμπιά και ακούστηκαν διαφορετικοί ήχοι πιάνου. Ποιος θα σκεφτόταν να φτιάξει ένα τέτοιο πλυντήριο;

Αλλά μετά μου ήρθε μια ιδέα. Κι αν το πλυντήριο ήταν μόνο για τα μάτια; Και μήπως θα μπορούσα να ανοίξω μια μυστική πόρτα αν έπαιζα μια συγκεκριμένη μελωδία; Γέλασα μόνος μου που έκανα μια τόσο γελοία σκέψη, αλλά εξακολουθούσα να θέλω να κάνω

μια δοκιμή.

Ναι αλλά τι μελωδία να παίξω; Θυμάμαι όταν έπαιζα Resident Evil τη δεκαετία του ενενήντα, μια πόρτα άνοιγε αν έπαιζες τη Σονάτα στο Σεληνόφως. Έψαξα στο τηλέφωνό μου ονλάιν, βρήκα τις νότες για να παίξω αυτή τη μελωδία και άρχισα να προσπαθώ να παίξω με τα οχτώ κουμπιά

που υπήρχαν στο πλυντήριο. Μετά από αρκετή ώρα, τελικά το έκανα σωστά και προς μεγάλη μου έκπληξη λειτούργησε, άνοιξε ένα μυστικό πέρασμα πίσω από ένα πλυντήριο.

Ήξερα πως ήταν επικίνδυνο, αλλά αισθανόμουν την ανάγκη να ακολουθήσω το πέρασμα, να δω τι έχει από την άλλη πλευρά. Οδηγήθηκα σε ένα δωμάτιο γεμάτο με στοίβες από διαφόρων ειδών χαρτονομίσματα. Ήταν ολοφάνερο, είχα πέσει πάνω σε μια επιχείρηση για ξέπλυμα μαύρου

χρήματος που έδρευε σε ένα κατάστημα με πλυντήρια. Πολύ βολικό! Πάγωσα όταν είδα την κάμερα ασφαλείας να παίρνει εικόνα από το δωμάτιο, αλλά μου έδωσε και δύναμη αυτό. Καταλάβαινα πως οι κακοί είχαν δει το πρόσωπό μου και έπρεπε να δράσω. Γέμισα τις τσέπες μου με 100-δόλαρα κι έτρεξα στο ξενοδοχείο να πάρω το διαβατήριό μου. Δεν μπήκα καν στον κόπο να μαζέψω τα πράγματά μου και πήγα γραμμή στο αεροδρόμιο για να φύγω από τη χώρα. Λίγο πριν επιβιβαστώ στο αεροπλάνο για Μαλδίβες, ειδοποίησα την αστυνομία για το μέρος όπου γινόταν το ξέπλυμα μαύρου χρήματος. Είχα την ελπίδα πως αυτό θα εμπόδιζε τους κακούς να με βρουν.

Για όποιον θα καταδίκαζε τις πράξεις μου, έχω να του κάνω μόνο μια ερώτηση: Εσύ τι θα έκανες;

Αποστολή: το πέπλο της Πατσαμάμα

Π ήρα το γυαλιστερό, ασημένιο αγαλματίδιο της Πατσαμάμα που είχα πακετάρει στο γδαρμένο και φθαρμένο από τον καιρό σακίδιό μου. Κοίταξα την Ιλέιν, τη σύντροφό μου που μου έγνεφε ναι. Αυτός ήταν ο ιερός τάφος της Πατσαμάμα, θεάς της γης για τους Ίνκας, εξωγήινη Ζήτα που πήρε τη μορφή θεάς για να κερδίσει οπαδούς μεταξύ των ανθρώπων.

Πήρα τον λεκιασμένο με μελάνι χάρτη που είχα αφήσει πάνω στον τάφο. Αυτό ήταν, αυτό ήταν το μέρος που είχε σημειώσει ο Χουάν Πισάρρο. Αν και εμείς διαθέταμε κάτι που αυτός δεν είχε τότε, το 1540, είχαμε το ειδώλιο που χρησίμευε ως κλειδί για το άδυτο των αδύτων του ναού.

Κοίταξα στον τοίχο. Υπήρχε ένα άνοιγμα, με το σχήμα ακριβώς που είχε το αγαλματίδιο που είχαμε φέρει. Ήμουν έτοιμος να το τοποθετήσω εκεί, όταν άκουσα τη φωνή της Ιλέιν: 'Μάρτιν, φοβάμαι. Είναι σωστό να δούμε μια νεκρή θεότητα; Κι αν δεν είναι πεθαμένη;'. 'Μην ανησυχείς Ιλέιν, οι εξωγήινοι Ζήτα δεν είναι πραγματικοί θεοί, και αν η Πατσαμάμα είχε κλειστεί εδώ πέρα αιώνες πριν, τώρα θα είναι νεκρή σίγουρα,' απάντησα, αλλά ένιωθα πως η κοπέλα μου αισθανόταν άβολα, κι αυτό με επηρέαζε.

Άφησα τους φόβους μου κατά μέρος. Είχα μια αποστολή εδώ και έπρεπε να εκτελέσω αυτήν την αποστολή. Έβαλα το αγαλματίδιο στο άνοιγμα και περίμενα κάτι να συμβεί. Ξαφνικά μετακινήθηκε ο τοίχος και ένα τούνελ αποκαλύφθηκε. Άκουσα μια οξεία, διαπεραστική φωνή να ψελλίζει κάτι σαν ψαλμωδίες σε μια ακαταλαβίστικη, εξωγήινη γλώσσα.

'Τι είναι αυτός ο θόρυβος;' είχε την απορία η Ιλέιν.
'Πρέπει να είναι ηχογραφημένο. Μάλλον η Πατσαμάμα το χρησιμοποιούσε αυτό για να κρατάει μακριά τους περίοικους,' απάντησα με προσποιητή αυτοπεποίθηση. 'Έτσι κι αλλιώς έχουμε μια αποστολή, εγώ θα μπω μέσα!' συνέχισα εγώ.
'Δεν πάω εκεί μέσα!' είπε επίμονα η Ιλέιν.
'Καλά τότε, θα πάω μόνος μου,' απάντησα θυμωμένος και μπήκα στο τούνελ.
Όπως έμπαινα στο άδυτο του ναού της Πατσαμάμα, με κυρίευε μια γλυκιά και έντονη μυρωδιά. Από πού να ερχόταν άραγε; Βρήκα την πηγή της ιδιαίτερης αυτής μυρωδιάς στο κέντρο της αίθουσας, όπου κείτονταν το σώμα της Πατσαμάμα, πάνω σε έναν βωμό.
Η Ιλέιν με πλησίασε: 'Είναι πεθαμένη;'

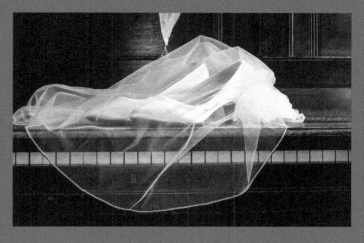

Ρωτούσε διστακτικά.
'Έτσι φαίνεται, αλλά υπάρχει μόνο ένας τρόπος για να σιγουρευτούμε,' απάντησα.
'Αλλά γιατί να μυρίζει έτσι ένα νεκρό σώμα;' Ρώτησε η Ιλέιν.
'Μάλλον κάποια προχωρημένη τεχνολογία συντήρησης,' απάντησα καθώς πήγαινα προς την Πατσαμάμα για να αγγίξω το σώμα. Το σώμα ήταν κρύο και λιπαρό, με αηδίαζε.
'Τι κάνουμε τώρα;' ρώτησα τη φωνή μέσα στο κεφάλι μου που με ακολουθούσε μετά το επεισόδιο στο Νεπάλ το 2022.
'Η αποστολή σου είναι να βρεις το πέπλο της Πατσαμάμα. Κάψε τη σωρό, η ανθρωπότητα δεν είναι έτοιμη για την αλήθεια.'
'Ναι, Αυτοκράτειρα Ράνγκντα,' απάντησα και πήρα το πέπλο. Αποτεφρώσαμε τη σωρό της Πατσαμάμα και φύγαμε από το ναό αμίλητοι. Η πραγματική μας αποστολή ήταν μπροστά μας ακόμα!

Ο πρώτος ανθρώπινος κλώνος.

Ονομάζομαι Μάρτιν Όρκαρντ και δουλεύω σε μια μυστική υπηρεσία έρευνας. Επισήμως η δουλειά μου έχει να κάνει με τη θεραπεία του καρκίνου και χρησιμοποιώ τεχνολογία βλαστοκυττάρων, ενώ στην πραγματικότητα αναπτύσσουμε τεχνολογίες κλωνοποίησης για να μπορέσει ο μυστικός ιδιοκτήτης της εταιρείας να ζήσει για πάντα, αλλάζοντας σώματα κατά βούληση καθώς το τωρινό του σώμα γερνάει.

Σκανάρισα την ίριδα του ματιού μου για να μπω στο τμήμα κλωνοποίησης του εργαστηρίου μας και βρήκα τον εκκεντρικό μου προϊστάμενο, τον Φρανκ Βαν Στάιν. Περιεργαζόταν ένα ζωντανό έμβρυο που αναπτύσσονταν σε ένα ειδικό δοχείο που αναπαρήγαγε τις συνθήκες της ανθρώπινης μήτρας. Τον κοίταξα νευρικά κι αυτός με πλησίασε. 'Κλωνοποίηση, είπε και έκανε μια παύση προτού ξαναμιλήσει. 'Είναι κάτι όμορφο και τρομερό μαζί, γι'

αυτό θα πρέπει να την αντιμετωπίζουμε με πολλή προσοχή.'

'Απαγγέλεις Βολταίρο πάλι;', ρώτησα για να τον πειράξω.
'Όχι, απαγγέλω Χάρρι Πόττερ', απάντησε. Δεν είπα τίποτα για λίγο. Γιατί να αναφέρει τον Χάρρι Πόττερ ο μέντοράς μου;
Δεν το σκέφτηκα και για πολύ, αφού ο Φρανκ μίλησε πάλι: 'Ιδού το τέκνο του μυστηριώδη μας ευεργέτη. Επίσης το πρώτο τέκνο που είναι και κλώνος του.'
'Άρα…' άρχισα, 'Δεν το έχει ξανακάνει αυτό.'
Ο Φράνκ με αγριοκοίταξε και απάντησε εκνευρισμένος. 'Μου λες αυτά που είναι προφανή;'

Αισθάνθηκα άσχημα που είχα κάνει τον προϊστάμενό μου να θυμώσει. Αλλά ήθελα να μάθω κι άλλα, δούλευα εδώ έξι μήνες και με είχαν στο σκοτάδι. 'Για ποιον δουλεύουμε; Πόσο μυστική είναι η έρευνά

μας; Ποιο σκοπό έχουμε;' Είχα πολλά μέσα μου που έβραζαν και δεν μπορούσα να σωπάσω άλλο.

'Φρανκ, πρέπει να είσαι ειλικρινής μαζί μου. Τι γίνεται εδώ;' Είπα.

'Δεν μπορώ να σου πω. Πρόκειται για απόρρητες πληροφορίες που ξεπερνούν το επίπεδό σου.' Απάντησε ο Φρανκ.

Με έκανε να θυμώσω και ξέσπασα. 'Πες μου τι τρέχει εδώ πέρα γιατί αλλιώς θα παραιτηθώ.'

'Δεν μπορείς να παραιτηθείς' φαινόταν να με παρακαλεί.

'Και βέβαια μπορώ!', απάντησα και πριν να βρει ο Φρανκ το χρόνο να πει οτιδήποτε, συνέχισα, 'Και τι θα γίνει τότε, ε;'

Ο Φρανκ ανέπνευσε βαθιά για να ηρεμήσει και απάντησε: 'Είσαι...'

Η απάντησή του με μπέρδευε. 'Είμαι τι;', ρώτησα.

'Είσαι το αφεντικό αυτής της εταιρείας, Μάρτιν,' ο Φρανκ απάντησε ξερά.

'Τι είναι αυτά που λες;' Ρώτησα.

'Ακολούθησέ με' είπε και τον ακολούθησα στο χώρο με το μεγαλύτερο επίπεδο ασφάλειας. Κι εκεί το είδα, το νεκρό μου

κορμί μέσα σε ένα ειδικό δοχείο. 'Έχουμε τελειοποιήσει τις τεχνικές κλωνοποίησης εδώ και αρκετά χρόνια. Εσύ σκοτώθηκες σε ατύχημα πριν ένα χρόνο. Πριν έξι μήνες ξαναγεννήθηκε ο κλώνος σου, αλλά με ενσωματωμένη τη μνήμη άλλου ανθρώπου.' Μου εξήγησε.

Πανικοβλήθηκα παρατηρώντας το νεκρό μου σώμα και το κεφάλι μου γύριζε. Ξαφνικά λιποθύμησα και όταν ξύπνησα, βρισκόμουν στο κρεβάτι δίπλα στην όμορφη γυναίκα με την οποία ήμουν παντρεμένος. Μου χαμογέλασε και μίλησε, 'Καλημέρα Ντάνιελ. Τι θα ήθελες για πρωινό;'

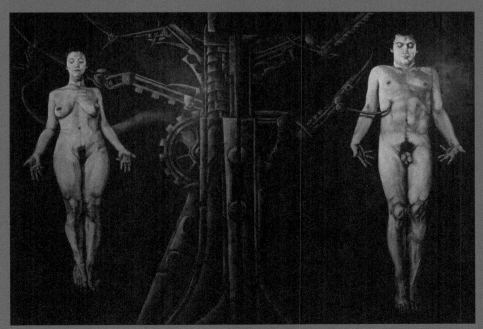

Ο Δήμαρχος της Μαγιονέζας.

'Μπιχλιμπίδια και άλλα άχρηστα σουβενίρ.' Κοίταξα την ταμπέλα με δυσπιστία και σιγουρεύτηκα πως είχα διαβάσει σωστά την πρώτη φορά. Επιτέλους, ένας ιδιοκτήτης καταστήματος με κάποια αποστασιοποίηση, σκέφτηκα και μπήκα στο μικρό μαγαζί. Βρισκόμουν σε ταξίδι στη Νέα Ζηλανδία μαζί με την κοπέλα μου την Ιλέιν εδώ και μια εβδομάδα και την άκουσα από μακριά να μου φωνάζει, 'Μη μπαίνεις σε ένα μαγαζί με τέτοιο όνομα, δεν θα πουλάνε καλά πράγματα.'

Αγνόησα εκείνη τη φωνή της λογικής και μπήκα στο κατάστημα. Με πλησίασε ένας άντρας που έμοιαζε με ένα από τα χόμπιτ από την τριλογία του Άρχοντα των Δαχτυλιδιών. Είχε ύψος 1,20 περίπου και διέθετε ένα εντυπωσιακό μουστάκι, ενώ οι τρόποι του θύμιζαν 19ο αιώνα. 'Γουάου, ένας αυθεντικός Νεοζηλανδός' είπα από μέσα μου, ενώ αυτός ερχόταν προς το μέρος μου με ένα βάζο μαγιονέζα στο χέρι.

'Η μαγιονέζα Σαματάς του Δημάρχου', είπε και μου έδειξε το βάζο που κρατούσε. 'Τι είδους όνομα είναι αυτό και γιατί να θέλω ένα βάζο μαγιονέζα;', ρώτησα παραξενεμένος.
'Την ονομάζω έτσι γιατί εγώ είμαι ο Δήμαρχος αυτής της πόλης. Η πόλη μας είναι διάσημη για τη μαγιονέζα της και θα κάνω σαματά αν δεν τη δοκιμάσετε και δεν την αγοράσετε', Δήλωσε ο άνθρωπος-χόμπιτ.

Τον κοίταξα καλά, μπας και καταλάβω αν ήταν κάποια πλάκα που συνηθίζονταν εκεί, αλλά αυτός με κοιτούσε με σοβαρό πρόσωπο, χωρίς ούτε υποψία από χαμόγελο. Δεν χρειαζόμουν ένα βάζο μαγιονέζα, αλλά θα μπορούσα να αγοράσω κάτι άλλο, σκέφτηκα. Κοίταξα γύρω μου και με τρόμο διαπίστωσα πως το μόνο πράγμα που πουλούσε το μαγαζί ήταν μαγιονέζα!
Ο άνθρωπος είχε μείνει ακίνητος και περίμενε ανυπόμονος με τη μαγιονέζα σε άβολη θέση, μπροστά στα μούτρα μου. 'Εεε, πόσο κάνει το βάζο;', ρώτησα διστακτικά.

'Α, επιτέλους ένας πελάτης!', είπε αυτός και χαμογέλασε πλατιά με μια ξεδοντιάρικη γκριμάτσα. 'Α-χά, γι' αυτή τη φίνα μαγιονέζα, μόνο 20 δολάρια.' Απάντησε με περηφάνεια. 20 δολάρια για λίγη μαγιονέζα ήταν σκέτη κλοπή! Και ούτε που τη χρειαζόμουν. 'Δεν ενδιαφέρομαι' είπα και οπισθοχώρησα μερικά βήματα. 'Μη δειλιάζεις μπρος σ' αυτό το χωριό, γιατί ο Δήμαρχος θα κάνει σαματά!, ο άνθρωπος με προειδοποιούσε με απειλητική φωνή. Μετά απ' αυτό, κοπάνησε το γυάλινο βάζο στο πάτωμα και η μαγιονέζα μας πιτσίλισε και τους δύο.

'Την κάνω!, σκέφτηκα κι έτρεξα προς την έξοδο, με τον Δήμαρχο της μαγιονέζας Σαματάς να με έχει πάρει στο κατόπι. Κυνηγημένος από ένα οργισμένο χόμπιτ, ξέχασα να κοιτάξω γύρω μου βγαίνοντας από το μαγαζί και σκόνταψα πέφτοντας μπρούμητα μέσα σε μια μεγάλη φουσκωτή πισίνα βαρέλι, γεμάτη μαγιονέζα.

Όταν σηκώθηκα από κει, άκουσα τη γνωστή ατάκα: 'Έκπληξη! Είναι η κάντιτ κάμερα!' Καταραμένοι Kiwis! Ευτυχώς η αμοιβή από τη σύντομη τηλεοπτική μου καριέρα χρηματοδότησε άλλη μια εβδομάδα ταξιδιού και μπόρεσα να δω πολλά από τα άγρια τοπία της χώρας, μακριά από τον πληθυσμό της Νέας Ζηλανδίας. Η κοπελιά μου, η Ιλέιν, ακόμα γελάει!

Χαμός στη Βιβλιοθήκη.

Βρισκόμουν στη δημοτική βιβλιοθήκη και σκόπευα να κάνω μια εργασία για το σχολείο, όταν την άκουσα. Μπήκα στην ουρά της καφετέριας, όπου ένας ανώνυμος μπαρίστα, ντυμένος κάου μπόυ δούλευε στη μηχανή του καφέ. Κοίταξα τα βρώμικα, πολυδάχτυλά του χέρια και είδα πως είχε συνολικά δώδεκα δάχτυλα. Ξαφνικά, άκουσα έναν δυνατό κρότο και κατάλαβα πως η μηχανή είχε χαλάσει.

'Λυπάμαι, αλλά έχει χαλάσει η μηχανή του καφέ.' είπε ο μπαρίστα.
'Αστεία κάνεις;' του είπα χλευαστικά.
'Χρειάζομαι έναν καφέ επειγόντως'
'Λυπάμαι, αλλά ο υπεύθυνος τεχνικός έχασε το τρένο κι εγώ δεν ξέρω να φτιάξω το μηχάνημα.' Απολογήθηκε ο μπαρίστα.
'Ναι, αλλά κάποιος εδώ μπορεί να ξέρει' είπα.
'Εσύ μήπως;' πρότεινε ο μπαρίστα.

Αυτό τώρα ήταν κάπως περίεργο. Εγώ δεν ξέρω να φτιάχνω καφετιέρες, ειδικά όταν την έχω ακούσει. Σκέφτηκα όμως πως πρέπει να ήταν θεϊκό σημάδι, γι' αυτό και συμφώνησα με την πρότασή του.
'ΟΚ. Δεκτή η πρόκληση. Θα φτιάξω την καφετιέρα σου με δύο όρους.' δήλωσα.
'Πες τους γρήγορα σε παρακαλώ.
Περιμένουν ένα σωρό θυμωμένοι συγγραφείς με έλλειψη καφεΐνης και φοβάμαι για την ασφάλειά μου!' Με παρακάλεσε ο μπαρίστα.
'Πρώτον πρέπει να φτιάξουμε την ατμόσφαιρα. Άλλαξε αυτή τη μουσική και βάλε τα Ερωτικά γράμματα από τις Μπεζ Τσάντες.' Απαίτησα.
'Είναι πραγματικό τραγούδι αυτό ή με δουλεύεις;' Είπε αυτός.
'Θα το βρεις στο YouTube,'

απάντησα και συνειδητοποίησα πως είχε έρθει η ώρα για τον κόσμο να νιώσει την εμπειρία της εξαίρετης μουσικής μου δημιουργίας.

'Το βρήκα.' Είπε ο μπαρίστα. Έβαλε το τραγούδι και μου έριξε μια αδικαιολόγητη ματιά αποδοκιμασίας. Προφανώς δεν ήταν ο άνθρωπος που θα εκτιμούσε την καλή μουσική.

'Τέλεια!' απάντησα χαμογελώντας μακαρίως.

'Εντάξει ψυχάκια. Ποια είναι η δεύτερή σου επιθυμία για να φτιάξεις το παλιομηχάνημα;' Ρώτησε ειρωνικά.

'Θέλω να ανοίξεις αυτή την κονσέρβα που έχει παστό ψάρι.' Απάντησα και του έδωσα μια κονσέρβα με το διαβόητο σουηδικό πιάτο surströmming.

Ο μπαρίστα άνοιξε την κονσέρβα και η τρομερή ψαρίλα τον έκανε να τρέξει προς την τουαλέτα. Τι φλώρος! Μυρίζοντας αυτό το κακόφημο ψάρι, κατάλαβα κι εγώ πως δεν πεινούσα πια και δεν το ακούμπησα.

Σάλταρα πάνω από τον πάγκο για να αρχίσω την καριέρα μου ως μάστορας μηχανών καφέ. Με έβλεπα να έχω μεγάλη σταδιοδρομία μπροστά μου, αλλά όλα γκρεμίστηκαν όταν

λιποθύμησα.

Ξύπνησα λίγες ώρες μετά στο κρατητήριο. Προφανώς η κονσέρβα μου με το surströmming είχε προκαλέσει φόβο για τρομοκρατική επίθεση με χημικά μιας και οι Αυστραλοί δεν είναι συνηθισμένοι σ' αυτήν τη μυρωδιά. Αντί να γίνω ο ήρωας της ημέρας, μου έριξαν ένα βαρύ πρόστιμο διατάραξη ησυχίας και βανδαλισμό μηχανής καφέ. Κι όλ' αυτά γιατί προσπάθησα να βοηθήσω!

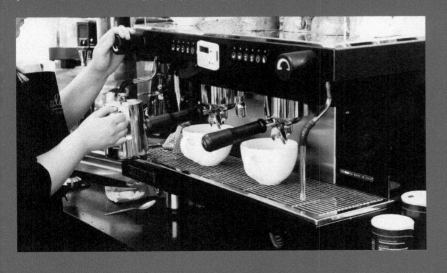

Η απειλή με τη μάσκα.

Η απειλή με τη μάσκα

Ο Ένς Μαρσέλ Περούς ατένιζε τους ηλιόλουστους Βασιλικούς Βοτανικούς κήπους του Σύδνεϋ κάτω από τη σκιά ενός δέντρου Γιακαράντα. Αισθανόταν σα βλάκας. Τι δουλειά είχε εκεί έξω μια τόσο ζεστή μέρα, όταν θα μπορούσε να κοιμάται σε ένα σκοτεινό δωμάτιο με τον κλιματισμό αναμμένο στο φουλ;

Ο Ένς ήταν ανακουφισμένος και αγανακτισμένος μαζί επειδή δεν ίδρωνε. Αν ίδρωνε βέβαια, το μαύρο του κοστούμι από κασμίρ, τα παπούτσια του χορού και τα άσπρα γάντια, το φαρδύ καπέλο και η μάσκα όπερας, θα γινόταν όλα μούσκεμα. Αλλά τουλάχιστον, η ανυπόφορη ζέστη που αισθάνονταν στο κορμί του θα απαλύνονταν.

Ο Ένς πρόσεξε πως οι περαστικοί τον κοιτούσαν περίεργα. Είχε διαλέξει ακατάλληλη αμφίεση για να ανακατευτεί με τον κόσμο, αλλά δεν έφταιγε αυτός. Η ιδιαίτερη σχέση που είχε με τους καθρέφτες τον έκανε να ξεχνάει την εμφάνισή του.

Ο Ένς έριξε στους περίεργους μια δολοφονική ματιά, αλλά ήταν πολύ αδύναμος για να μπορέσει να κάνει κάποιους ανθρώπους να έρθουν στη δική του κατάσταση. Αν τον έκαναν να εκτεθεί σ' εκείνο τον τρομερό ήλιο, αυτό θα ήταν το τέλος του.

'Πρέπει να φύγω από δω!' σκέφτηκε και έτρεξε προς ένα μέρος του πάρκου που ήταν άδειο. Την ώρα που έτρεχε, ένα μικρό σημείο στο σβέρκο του εκτέθηκε στον ήλιο κι αυτό του προκάλεσε έναν αβάσταχτο πόνο. 'Προχώρα, λίγο ακόμα' επανέλαβε ο Μαρσέλ στον εαυτό του.

Ο Ένς έφτασε σε ένα απομονωμένο μέρος του πάρκου. Βρήκε λίγη σκιά κάτω από ένα δέντρο και κατέρρευσε. Ο Ένς ευχήθηκε να μην ήταν μόνος του σ' αυτόν τον κόσμο, να ερχόταν κάποιος να του καλμάρει τον πόνο.

Άκουσε μια γυναικεία φωνή να τραγουδάει. Όταν πέσει η νύχτα, θα γίνουμε ένα. Θα φέρουμε αρμονία ανάμεσα σε φως και σκοτάδι.' Ο Εις ένιωσε μια γαλήνη μέσα του. Τα οράματά του, του έλεγαν πως ο μόνος τρόπος για να σβήσει την πείνα του θα ήταν να φάει στη διάρκεια της μέρας.

Ο Εις έψαξε από πού ερχόταν η μουσική. Μια γυναίκα ντυμένη στα λευκά τραγουδούσε μπροστά σ' έναν καθρέφτη. Πλησίασε με επιφύλαξη την ανυποψίαστη γυναίκα. Ήταν έτοιμος να πιεί το αίμα της για να τελειώνει με αυτή την κατάρα που τον βάραινε. Αποσυντονίστηκε όταν είδε την αντανάκλαση της γυναίκας στον καθρέφτη, ή μάλλον την έλλειψη αυτής. Ακούστηκε το λαχάνιασμά του και η γυναίκα στράφηκε προς το μέρος του. 'Τζέσικα Λόκχαρτ;' Απόρησε ο Εις. 'Εις Μαρσέλ Περούς! Το ήξερα πως θα ερχόσουν.' Απάντησε η Τζέσικα. 'Τι συμβαίνει;' Ρώτησε ο Εις. 'Ήρθε η ώρα να ξορκίσουμε την κατάρα εκείνης της μοιραίας μέρας.' Απάντησε η Τζέσικα. 'Αλλά πώς μπορείς και εκθέτεις το δέρμα σου στον ήλιο;' Ρώτησε ο Εις. 'Δεν είχα γίνει βαμπίρ. Έγινα άγγελος. Όπως εσύ υποφέρεις κάτω από τον ήλιο, εγώ υποφέρω κάτω από το φεγγάρι.' Εξήγησε η Τζέσικα. 'Και τι θα κάνουμε τώρα;' Ρώτησε ο Εις. 'Φίλα με όπως τότε που ήμαστᾱν μαζί, για να λυθεί η κατάρα!' Τον

παρακάλεσε η Τζέσικα.
Ο Εις έκανε ό,τι του είπε η Τζέσικα και τη στιγμή που φιλήθηκαν έγιναν και οι δυο τους στάχτη. Ολοκλήρωσαν έτσι την υπόσχεση γάμου, που είχαν δώσει αιώνες πριν και έμειναν μαζί μέχρι το τέλος!

Η αποστολή του Μάρτιν Πάθερ στην Κίνα
'Έεε, εσύ!'
Πάγωσα όταν άκουσα μια γυναικεία φωνή με κινέζικη προφορά να μου φωνάζει. Με παραξένεψε που η γυναίκα φώναζε στα αγγλικά, αλλά υπέθεσα πως τα ξανθά μου μαλλιά και το ανάστημά μου με χαρακτήριζαν ως λευκό ξένο. Γύρισα και

Η αποστολή του Μάρτιν Πάθερ στην Κίνα.

'Εε, εσύ!'
Πάγωσα όταν άκουσα μια γυναικεία φωνή με κινέζικη προφορά να μου φωνάζει. Με παραξένεψε που η γυναίκα φώναζε στα αγγλικά, αλλά υπέθεσα πως τα ξανθά μου μαλλιά και το ανάστημά μου με χαρακτήριζαν ως λευκό ξένο. Γύρισα και κοίταξα τη φύλακα του μυστικού κρατικού εργαστηρίου. Η εμφάνιση της επιδερμίδας της μου αποκάλυπτε πως είχε μολυνθεί από τον ιό Χέι Μπέι.
'Παραβιάζετε την είσοδο κρατικής ιδιοκτησίας!' φώναξε η φύλακας.
'Αλλά δεν με πυροβολήσατε πισώπλατα!' απάντησα σαρκαστικά.

Η φύλακας έμεινε στη θέση της και με σημάδεψε με το όπλο της. Δαγκώθηκα. Δε θα έπρεπε να είμαι τόσο σαρκαστικός όταν βρισκόμουν τόσο κοντά στο θάνατο. Αλλά γιατί να αντιμετωπίσω το θάνατο με φόβο;

Η φύλακας κατέβασε το όπλο της και απάντησε. 'Δε θα πυροβολούσα το διάσημο Μάρτιν Πάθερ, είστε ένας ήρωας! Σας λάτρεψα όταν σώσατε τον κόσμο από τον άνθρωπο με τα χρυσά δόντια.'
Αναστέναξα ανακουφισμένος. Μάλλον είμαι τρομερός μυστικός πράκτορας, αφού η φήμη μου στον κόσμο φάνηκε να με σώζει για την ώρα.
'Ευχαριστώ. Ναι, ήταν μια πραγματική περιπέτεια το να σώσω τον κόσμο από το σατανικό σχέδιο του Τζόζεφ Γκόλντιθ.
'Ναι. Είμαι μια από τις πιο φανατικές οπαδούς σας. Με λένε Λι-Να Πενγκ,' απάντησε ταπεινά η φρουρός.
'Πάθερ, Μάρτιν Πάθερ. Θα σας έδινα το χέρι, αλλά…' απάντησα, και κοίταξα τις φουσκάλες στα μπράτσα της Λι-Να Πενγκ.
'Καταλαβαίνω. Είστε εδώ για να κλέψετε βιολογικό δείγμα του ιού C;' ρώτησε η Λι-Να.

Δεν είχε νόημα να τη διαψεύσω κάτω από εκείνες τις συνθήκες και απάντησα. 'Ναι.

Ξέρεις πού είναι;' 'Ναι, ελάτε μαζί μου'
απάντησε.

Η Λι-Να άνοιξε την πόρτα και μπήκαμε
σε ένα στενό διάδρομο. Στο τέλος του
τούνελ, η Λι-Να σκανάρισε την ίριδά της
με έναν οπτικό σαρωτή. Μπήκαμε στα
ενδότερα του εργαστηρίου, το μέρος όπου
κρατούσαν το γενετικό υλικό.
'Θα φτιάξω ένα αντίγραφο του ιού.
Περιμένετε!' δήλωσε η Λι-Να και άρχισε
να πληκτρολογεί σε έναν υπολογιστή.
Παρατήρησα το είδωλό μου που
αντανακλούσε ένα λαμπερό ασημένιο
αγαλματίδιο. Το σμόκιν που φορούσα
αντί για προστατευτική φόρμα, φαινόταν
γελοίο, αλλά μου είχε σώσει τη ζωή, μιας
και η φήμη μου είχε πείσει την Λι-Να να με
βοηθήσει.

'Το αγαλματίδιο ανήκει στον πατέρα μου,
τον πρόεδρο Τζινγκ Πενγκ. Διέσπειρε
τον ιό μολύνοντας όλο το μέλι της Κίνας.'
Αποκάλυψε η Λι-Να.
'Πρέπει να σου είχε πει για το κακόβουλο
σχέδιό του' παρατήρησα.
'Γιατί νομίζεις πως σε βοηθάω;' είπε
χλευαστικά.

Ο υπολογιστής έκανε έναν ήχο και το
μηχάνημα παρασκευής ιών έβγαλε ένα
φιαλίδιο με το δείγμα.
'Ορίστε. Πάρε αυτό το φιαλίδιο. Φτιάξε
το αντίδοτο και σώσε το λαό της Κίνας
από την τυραννία του πατέρα μου' με
παρακάλεσε η Λι-Να.

Ακούστηκε ο ήχος του συναγερμού και
ένα τσούρμο εξαγριωμένων κομουνιστών
μπήκαν και άρχισαν να με πυροβολούν.
Η αόρατη πανοπλία μου με έσωσε κι εγώ
τους πυροβόλησα με το με το μικρό, αλλά
αποτελεσματικό πιστόλι μου.
Η Λι-Να δεν είχε αυτού του είδους την
πανοπλία και την είδα να ψυχορραγεί στο
πάτωμα. Τα τελευταία της λόγια ήταν:
'Μάρτιν! Σώσε την Κίνα!'

Η αιωνιότητα μπορεί να περιμένει.

Ο Μαρκ Σίλβερ οδηγούσε τη Μερσεντές του που είχε το ίδιο χρώμα με το οικογενειακό του όνομα, ασημένιο. Ο Μαρκ σκέφτηκε τη γυναίκα του, τη Τζοάννα. Του είχε πει να μη βιαστεί, αλλά να μείνει μέσα μέχρι να τελειώσει εκείνη η μανιασμένη καταιγίδα. Ο Μαρκ όμως, δεν θα μπορούσε να μείνει σπίτι. Η γυναίκα του γεννούσε στο νοσοκομείο και δεν θα μπορούσε να χάσει αυτήν την μοναδική ευκαιρία να μοιραστεί την εμπειρία μαζί της.

Όλο αγωνία και προσμονή, ο Μαρκ ούτε που πρόσεξε πως η δυνατή βροχή προκαλούσε κατολισθήσεις. Οδηγούσε μέσα στον κίνδυνο και το αυτοκίνητό του χτυπήθηκε από τους βράχους που έπεφταν από μια πλαγιά. Ένα χτύπημα στο κεφάλι έκανε τον Μαρκ να ξαναβρεί τις αισθήσεις του. Το χτύπημα του θύμισε τη σύντομη θητεία του ως μποξέρ, κατά την οποία είχε λάβει μέρος σε ένα τουρνουά για φιλανθρωπικό σκοπό. Όταν συνήρθε, του αποκαλύφθηκε η σκληρή πραγματικότητα. Δεν ξύπνησε σε ένα ρινγκ μιας αίθουσας εκδηλώσεων. Αντίθετα, ήταν παγιδευμένος μέσα σε ένα στραπατσαρισμένο αυτοκίνητο.

Ο Μαρκ προσπάθησε να βγει έξω, αλλά οι φουλ έξτρα μηχανισμοί του οχήματος τον εμπόδιζαν. Ένας σωρός αερόσακοι τον κρατούσαν στη θέση του και δεν μπορούσε να ανοίξει τα παράθυρα γιατί είχε μπλοκάρει το ηλεκτρικό σύστημα. 'Παλιοαμάξι, γιατί δεν έχει χερούλι για τα παράθυρα;' ήταν η τελευταία σκέψη του Μαρκ πριν να γίνουν όλα πάλι μαύρα.
'Καλωσόρισες Μαρκ!'
Ο Μαρκ άκουσε τη σβηστή φωνή μιας ευγενικής ηλικιωμένης γυναίκας που τον χαιρετούσε. Άνοιξε τα μάτια του. Βρισκόταν σε έναν όμορφο κήπο που έμοιαζε με παράδεισο.
'Έχω πεθάνει;' ρώτησε ο Μαρκ.
Η ηλικιωμένη κούνησε το κεφάλι της αρνητικά και απάντησε. 'Μη γίνεσαι γελοίος. Ο θάνατος είναι μία κατάσταση κατά την οποία δεν αισθάνεσαι τίποτα, είναι το ίδιο σα να μην έχεις γεννηθεί ποτέ.'
'Τότε, τι είναι αυτό το μέρος;' ρώτησε ο Μαρκ.

Όταν ο άνθρωπος πεθαίνει, ο εγκέφαλος παραμένει ενεργός για αρκετά λεπτά. Η έλλειψη οξυγόνου και αισθητηριακών ερεθισμάτων δημιουργούν ένα υψηλό επίπεδο συνείδησης. Αφού δεν έχεις αισθήσεις, αυτά τα λεπτά μπορεί να διαρκέσουν για πάντα.'

αποκάλυψε η γυναίκα.

'Και τι θα γίνει όταν πεθάνω;' ρώτησε ο Μαρκ.

'Δε θα το καταλάβεις. Δεν μπορείς να ζήσεις την εμπειρία του θανάτου σου. Είναι οξύμωρο!' απάντησε η γυναίκα.

'Εντάξει. Αλλά εσύ ποια είσαι και τι άλλο μπορείς να μου πεις γι' αυτό το μέρος;' ρώτησε ο Μαρκ.

'Είμαι η ενσάρκωση της βαθύτερης συνείδησής σου. Για σένα είμαι η Γαία, αλλά μπορώ να πάρω οποιαδήποτε μορφή.' απάντησε η Γυναίκα.

'Και τι θα γίνουν η γυναίκα και το παιδί μου;' ρώτησε ο Μαρκ.

Η Γαία έκανε μια μικρή παύση και μετά πήρε μια βαθιά ανάσα πριν απαντήσει. 'Μαρκ, είσαι στείρος, δεν μπορείς να κάνεις παιδιά. Το ξέρεις. Όσο για το παιδί που γεννάει η γυναίκα σου αυτήν την ώρα που μιλάμε, η καρδιά σου έχει κλείσει γι' αυτήν.' απάντησε η Γαία.

Ακούγοντάς το, ο Μαρκ γέμισε οργή και ξέσπασε. 'Την παλιοβρώμα! Το ήξερα πως με απατούσε.'

Η Γαία κούνησε το κεφάλι της, έπιασε το χέρι του Μαρκ και τον κοίταξε στα μάτια. Αυτός ηρέμησε. Δεν υπήρχε λόγος να μπει στη μετά θάνατο ζωή οργισμένος.

'Η Τζοάννα δεν είχε άλλη επιλογή. Αποζητούσες ένα παιδί, αν και το σπέρμα σου ήταν άγονο. Έκανε ό,τι έκανε για να σε κάνει ευτυχισμένο.' εξήγησε η Γαία.

Ο Μαρκ ήταν έτοιμος να απαντήσει όταν η εικόνα που έβλεπε μπροστά του άρχισε να τρεμοπαίζει.

'Πεθαίνω;' είπε ο Μαρκ ασθμαίνοντας.

Η Γαία κούνησε το κεφάλι της και όλα έσβησαν.

Η εμφάνιση μιας έντονης άσπρης λάμψης έκανε τα μάτια του Μαρκ να καίνε. Ξύπνησε περικυκλωμένος από το προσωπικό του ασθενοφόρου.

'Είναι ζωντανός! Θαύμα!' αναφώνησε ένας από τους γιατρούς. Ο Μαρκ αισθάνθηκε μια ζάλη και λιποθύμησε πάλι.

Η Τζοάννα μαζί με το νεογέννητο κοριτσάκι της, τη Τζάζμιν, επισκέφτηκε τον Μαρκ αργότερα την ίδια μέρα. Ο Μαρκ ήξερε τι έπρεπε να κάνει. Η Γαία δεν τον είχε επαναφέρει στη ζωή χωρίς λόγο.

'Τζοάννα, το ξέρω πως η Τζάζμιν δεν είναι βιολογικό παιδί μου!' δήλωσε ο Μαρκ.

Η έκφραση του προσώπου της Τζοάννα άλλαξε και το βεβιασμένο της χαμόγελο σβήστηκε.

'Σ' αγαπάω ακόμα, Τζοάννα. Ξέρω πως είμαι στείρος. Δεν το παραδεχόμουν, αλλά τώρα αντιλαμβάνομαι για ποιο λόγο έκανες ό,τι έκανες. Θέλω να αγαπήσω εσένα και τη Τζάζμιν σαν κόρη μου, αν με αφήσεις.' Της μίλησε με ωραίο τρόπο ο Μαρκ.

Η Τζοάννα δεν απάντησε. Δεν είχαν ανάγκη τα λόγια και οι δυο τους αγκαλιάστηκαν κλαίγοντας. Από εκείνη τη μέρα η ζωή τους ξεκινούσε σε καινούρια βάση, η αγάπη μεταξύ τους και προς την κόρη τους θα ήταν πιο δυνατή από ποτέ.

Η τύχη έσωσε τον εμπρηστή

'**3**:00, 2:59, 2:58'

Κοίταξα το χρονόμετρο της βόμβας που είχα ενεργοποιήσει στον ενεργειακό σταθμό του Μπλακγουότερ. Αυτό ήταν. Εγώ, ο Σάμουελ Θίσλγουάιτ δεν μπορούσα να ζήσω πλέον με το μυστικό μου. Πριν μερικά χρόνια είχα διαπράξει εμπρησμό, ξεκινώντας μια από τις πολλές δασικές πυρκαγιές που σάρωναν το 2019. Το φοβερό μου έγκλημα είχε καταστρέψει την πόλη μου, το Χόνεϋγουντ και επίσης είχε προκαλέσει θανάτους, πράγμα που είχε ακόμα μεγαλύτερη βαρύτητα. Η μοναδική πραγματική μου αγάπη, η Σάλυ Σάλλοου, που ήμασταν μαζί στο ίδιο ορφανοτροφείο, είχε χάσει τη ζωή της από τη φωτιά.

Είχα κρατήσει μυστικό το έγκλημά μου για χρόνια. Είχα επανεφεύρει τον εαυτό μου και έμαθα να χρησιμοποιώ το ψέμα για να προχωράω στη ζωή. Με τα ψέματα είχα φτάσει στην κορυφή. Ή τουλάχιστον στην κορυφή του Μπλακγουότερ. Ως δήμαρχος της πόλης, είχα πείσει τους δημότες μου πως ο καλύτερος τρόπος για να αποφύγουμε τις πυρκαγιές στα

δάση θα ήταν να κόψουμε τα δέντρα. Οι ενέργειές μου είχαν κρατήσει ασφαλές στο Μπλακγουότερ, αλλά προκάλεσαν την εξαφάνιση των μαύρων κακατούα. Άξιζε η θυσία, έτσι σκεφτόμουν τότε, μιας και υπήρχαν ακόμα κάποια λευκά κακατούα.

Μια μέρα μου ήρθε μια ιδέα όταν είδα μια ξεχασμένη ζωγραφιά της Σάλυ να ταΐζει ένα μαύρο κακατούα. Κατάλαβα πόσο άχρηστη ήταν η ζωή μου. Όχι μόνο είχα προκαλέσει το θάνατο της αγάπης μου, αλλά είχα σκοτώσει και τα πουλιά που αγαπούσε τόσο. Και για ποιο λόγο;

Είχα αντιληφθεί πως ο μόνος τρόπος για να εξιλεωθώ θα ήταν να σκοτωθώ και να καταστρέψω μαζί κι εκείνον τον βρωμο-ενεργειακό σταθμό. Η καταστροφή ήταν το μόνο που ήξερα να κάνω, οπότε τουλάχιστο θα μπορούσα να καταστρέψω κάποια τρομερά πράγματα για να γίνει ο κόσμος καλύτερος.

'1:00, 0:59, 0:58'
'Αστέρι αστεράκι μου, πού είσαι;' άκουσα να λέει ένα μικρό κορίτσι.
Κατάλαβα πως είχα αφήσει την πόρτα

ανοιχτή και είχε μπει ένα κοριτσάκι που έψαχνε το ζωάκι της, εκεί στον εγκαταλειμμένο ενεργειακό σταθμό που επρόκειτο να εκραγεί. Γύρισα και ένα ήμερο μαύρο κακατούα ήρθε και κάθισε στον ώμο μου. 'Εξουδετέρωσε τη βόμβα! Εξουδετέρωσε τη βόμβα!' ο παπαγάλος έκρωζε και τσίριζε.
Έπεσα στα γόνατα και εξουδετέρωσα τη βόμβα γρήγορα.

Το κορίτσι με είδε. 'Α εδώ είσαι αστέρι αστεράκι μου' είπε χαρούμενα. Μόλις την είδα της φώναξα 'Τι κάνεις εδώ κοριτσάκι; Δεν είναι μέρος αυτό για παιδιά.' 'Συγνώμη, ήταν ανοιχτή η πόρτα και ο παπαγάλος μου πέταξε μέσα. Η μαμά μου περιμένει έξω.' Απάντησε το κορίτσι και έτρεξε προς τα έξω. Την κυνήγησα μέχρι έξω από το εργοστάσιο. Εκεί την είδα, τη Σάλυ, με το πρόσωπο γεμάτο σημάδια από εγκαύματα τρίτου βαθμού.

'Σάλυ ζεις; Απόρησα.
'Ναι, είχα φύγει.' Απάντησε η Σάλυ.
Έπεσα στα γόνατα. 'Λυπάμαι Σάλυ. Εγώ έβαλα τη φωτιά που σε σακάτεψε το 2019.' Της είπα με κλάματα.
'Το ξέρω, αλλά εγώ θα πεθάνω και η Σίρι χρειάζεται τον πατέρα της.' Είπε ξεψυχισμένα και λιποθύμησε.
Αγκάλιασα τη Σίρι. Ήταν μια απαίσια μέρα, η τύχη όμως μου έσωσε τη ζωή και μου έδωσε ένα σκοπό για να συνεχίσω στη ζωή.

Χριστουγεννιάτικο χάος

‛Ο επόμενος!’

Τελείωσα το σημείωμα που είχα γράψει με το αίμα του νικημένου αντιπάλου μου. Έβαλα το κομμένο του δάχτυλο μαζί με το γράμμα μέσα στο φάκελο που θα ταχυδρομούσα, με παραλήπτη το μεγαλύτερο εχθρό μου. Θα το έστελνα στον Κόκκινο Δικτάτορα του Βόρειου Πόλου που είναι γνωστός και ως Αϊ-Βασίλης.

Είχα γεννηθεί στη σκλαβιά. Ούτε που γνώριζα ποιοι ήταν οι γονείς μου. Αυτή ήταν η κατάρα που βάραινε τα ξωτικά που δούλευαν στο μυστικό εργοστάσιο του Κόκκινο Δικτάτορα. Για τον έξω κόσμο, ο Αϊ-Βασίλης ήταν ένας μύθος, για μένα όμως και τα υπόλοιπα σκλαβωμένα ξωτικά ήταν η σκληρή πραγματικότητα.

Φυσικά, οι περισσότεροι από εμάς δεν βλέπουν την πραγματικότητα. Αλλιώς θα είχαμε επαναστατήσει εδώ και αιώνες.

Για τα περισσότερα ξωτικά-συναδέρφους μου, υπηρετούσαμε έναν σκοπό. Να δουλεύουμε ακούραστα και με ομαδικό πνεύμα για να φτιάξουμε δώρα για να ανταμειφθούν τα καλά παιδιά. Ναι, αλλά πότε ανταμειφθήκαμε ΕΜΕΙΣ; Δεν έχουμε εμείς ελπίδες και όνειρα;

Τα πράγματα ήταν πιο εύκολα παλιά. Τα πρώτα 300 χρόνια της ζωής μου, δεν ήξερα τίποτε άλλο. Μαζευόμασταν κάθε μέρα, μπαίναμε στη γραμμή και ψέλναμε τα κάλαντα που εξυμνούσαν τον μεγάλο Κόκκινο Δικτάτορα. Κατάλαβα όμως πως ο Αϊ-Βασίλης χρησιμοποιούσε τις ίδιες τεχνικές στην προπαγάνδα του, όπως αυτές που χρησιμοποιούσαν ο Χίτλερ και ο Κιμ Γιονγκ Ουν για να κάνουν πλύση εγκεφάλου στα πλήθη.

Κατά σύμπτωση ξεκαθάρισαν τα πράγματα μέσα μου. Σ' εμάς τα ξωτικά δεν επιτρέπονται να παίζουμε με τα

paιχνίδια που κατασκευάζαμε. Μια μέρα όμως χτύπησε κατά λάθος πάνω μου ένα από τα δώρα που περνούσαν από μπροστά μου στη γραμμή παραγωγής. Το έπιασα, αλλά δεν το έβαλα πίσω στην ταινία. Κάτι μου έλεγε πως έπρεπε να δω τι είναι.

Είπα στον επιστάτη πως δεν αισθανόμουνα καλά και δεν μπορούσα να δουλέψω. Ήταν μια ριψοκίνδυνη ενέργεια. Αν ο Αϊ-Βασίλης με θεωρούσε άχρηστο, θα με πετούσε έξω στο αρκτικό ψύχος. Εκεί έξω σίγουρα θα πέθαινα από υποθερμία ή θα με έτρωγε καμιά πολική αρκούδα. Έπρεπε όμως να μάθω τι ήταν εκείνο το πράγμα.
Άναψα το τάμπλετ και πάτησα για να δω διάφορα λινκς. Ο κόσμος ήταν όμορφος και είχε τόσα πολλά πράγματα να δεις. Τόσα πολλά μέρη που ο Άι δεν μας είχε αφήσει ποτέ να δούμε. Τα παιδιά τα οποία υπηρετούσαμε ζούσαν πολύ πιο ευτυχισμένα από εμάς που μας είχε σκλαβωμένους ο απαίσιος Κόκκινος

Δικτάτορας.

Σήμερα αποφάσισα να δράσω. Ή τώρα ή ποτέ. Είχα προσκαλέσει την κυρία Βασίλη σε ένα μπάρμπεκιου με λουκάνικα τάχα. Φυσικά εκείνη έπεσε στην παγίδα και τώρα κείτεται νεκρή έξω από τις μυστικές μας εγκαταστάσεις, κρυμμένη μέσα στην αρκτική νύχτα. Είναι ανάγκη όμως να αντιμετωπίσω τον χειρότερο εχθρό μου.

Είχα αντιληφθεί πως δεν να έβγαινα ζωντανός από εκείνη την περιπέτεια.

Η άνοδος και η πτώση της Μέλκρις

Πλατς Ένα νερομπαλόνι γεμάτο με κίτρινη μπογιά χτύπησε την αδερφή Σερίζ του Μον Μπλαν στο πίσω μέρος του κεφαλιού της. Διέκοψε έτσι την προσευχή της μπροστά στην εικόνα του Αγίου Μαρτίνου σε ένα εκκλησάκι στην άκρη ενός δρόμου στις Γαλλικές Άλπεις.

'Χα-χα. Είσαι σα λεμόνι!' ο Ζακ ντε Βιλ ντε Μερ, ένας νεαρός αλήτης από εκείνα τα μέρη, την πείραξε.
'Θεέ και κύριε, δώσε μου σε παρακαλώ τη δύναμη να συγκρατήσω τον δαίμονα που ελλοχεύει μέσα μου.' μουρμούρισε η Σερίζ. Ήξερε βέβαια πως οι προσευχές της ήταν μάταιες. Η μοίρα της Σερίζ ήταν να γίνει η πιο σπουδαία εξορκιστής της περιοχής, αφού τα είχε βγάλει πέρα με δεκάδες δαιμόνια τα τελευταία χρόνια. Κόντρα στη λαϊκή πεποίθηση, αυτό δεν ήταν σημάδι θείας χάρης. Ήταν η απόδειξη για το αντίθετο. Το ταλέντο της Σερίζ στους εξορκισμούς ήταν μεγάλο γιατί και ο δαίμονας μέσα της ήταν κι αυτός μεγάλος.

'Μη θυμώνεις έτσι Σερίζ. Σου έκανα ένα αστείο μόνο κι αυτή η μπογιά θα φύγει εύκολα.' είπε ο Ζακ εύθυμα.
Η Σερίζ πήρε μια βαθιά ανάσα αλλά δεν απάντησε. Γιατί ήταν τόσο δύσκολο να ελέγξει το δαίμονα;
Ο Ζακ πλησίασε τη Σερίζ και άρχισε να λύνει την ποδιά της. Έτσι, έτσι, Σερίζ. Άσε με να σου βγάλω αυτά τα μουσκεμένα ρούχα, ενώ θα κάνω κάποια άλλα σημεία σου να υγρανθούν.' Την ξελόγιαζε.
'Δεν πρέπει. Κι αν μας δει κάποιος;' Η Σερίζ αντιστέκονταν.
'Τς, τς. Ο φόβος μήπως μας πιάσουνε στα πράσα θα το κάνει πιο πικάντικο.' Είπε ο Ζακ με ένα γελάκι.
Η Σερίζ υπέκυψε, έβγαλε την κορδέλα από το κεφάλι της και άφησε τα μαλλιά της ελεύθερα. Είχε έρθει η ώρα να συμφιλιωθεί με το δαίμονα μέσα της.

Ο Ζακ της έβγαλε το εσώρουχο και της έκανε έρωτα σαν δαιμονισμένος, πράγμα που ήταν κιόλας. Ο δαίμονας μέσα στην Σερίζ το επιβεβαίωσε. Όταν ο Ζακ ολοκλήρωσε, η Σερίζ γύρισε και ξέσκισε το λαιμό του Ζακ με τα κοφτερά της δόντια σκοτώνοντάς τον.

Αυτό ήταν το κλειδί που απελευθέρωσε τη δαιμόνισσα Μαλκρίς. Ήταν το δαιμόνιο που σκότωνε ερωτικούς συντρόφους κι αφού έκανε τη Σερίζ να σκοτώσει τον Ζακ μετά τη συνουσία, επανήλθε στον κόσμο. Η Μαλκρίς στράγγιξε όλη τη ζωτική δύναμη της Σερίζ και παράτησε το άψυχο, νεκρό κορμί της δίπλα σ' αυτό του Ζακ.

'Πώς τόλμησες να βεβηλώσεις το ιερό μου, απαίσια δαιμόνισσα;' Η Μαλκρίς στράφηκε προς τη φωνή. Το πνεύμα του αγίου Μαρτίνου είχε εμφανιστεί λίγα μέτρα πίσω της.

'Μπα; Πώς τολμάει να με ενοχλήσει ένα κατώτερο πνεύμα;' Είπε η Μαλκρίς ειρωνικά.
'Ξεχνάς πού βρίσκεσαι. Αυτό το εκκλησάκι μου δίνει δύναμη.' Απάντησε ο Μαρτίνος.
'Σιγά, ο προστάτης των φτωχών ενάντια στο δαιμόνιο του φόνου των εραστών. Πολύ αστείο!' είπε η Μαλκρίς κοροϊδευτικά.
'Η συμπόνια με κάνει δυνατό.' Δήλωσε ο Μαρτίνος και αγκάλιασε την άναυδη Μαλκρίς.
'Είμαι έτοιμος, κύριε!' ψιθύρισε ο Μαρτίνος. Μια αστραπή τον χτύπησε, έγιναν καπνός οι δυο τους, άγιος και δαιμόνιο και το εκκλησάκι κατέρρευσε.

Αυτά είναι όλα όσα είδα κι έγινα μάρτυράς τους, εγώ ο Μισέλ ντε Μπαλού, όταν ο Κύριος γκρέμισε το ιερό μας παρεκκλήσι.

Η θετική πλευρά της θεοκρατίας.

'Πέντε, τέσσερα, τρία...'
'Σταμάτα, θα σου πω τι έγινε'
ικέτευσα την αρχηγό Άγκνες.
'Εντάξει Σάντρα. Πες μου τι είναι αυτά τα χάπια!' Απαίτησε η Άγκνες.

Ήμουν σε δίλημμα. Υπό το καθεστώς του Μέγα Κληρικού Μίτσελ Σεντ, τα αντισυλληπτικά ήταν παράνομα στις ΗΠΑ και η συνουσία επιτρέπονταν μόνο για αναπαραγωγικούς σκοπούς. Αυτό δεν εμπόδιζε την παράνομη εισαγωγή αντισυλληπτικών από το εξωτερικό που είχαν αντικαταστήσει την κοκαΐνη στην υψηλότερη θέση του καταλόγου παράνομων εισαγωγών στις ΗΠΑ.

'Μοιάζουν με αντισυλληπτικά. Βλασφημία ενάντια στο θέλημα του Θεού' η Άγκνες με κατηγορούσε.

Έβαλα τα κλάματα. Το είχα ανάγκη να βρίσκομαι κοντά του και να κάνω έρωτα με το αγόρι μου, τον Άντριου, αλλά ήμουν μόνο 17 χρονών και δεν γινόταν να μείνω έγκυος. Ονειρευόμουν

να πάω στο κολλέγιο, να ταξιδέψω και να γίνω ανεξάρτητη οικονομικά. Δεν είχα καμία επιθυμία να μείνω σπίτι και να γίνω μια μηχανή που να κάνει παιδιά, ενώ όλες οι δουλειές θα γίνονταν με αυτοματοποίηση και τεχνητή νοημοσύνη.

'Αλλά αρχηγέ Άγκνες, δεν είχες κάνει ποτέ έρωτα στα νιάτα σου; Δεν αισθάνθηκες πόσο ωραίο είναι το να έχεις δικαίωμα στο σώμα σου;' Της είπα παρακαλεστικά.
'Ναι. Αλλά ήταν τότε τα τρελά χρόνια των πολιτικών ελευθεριών. Όταν ήρθε στην εξουσία ο Μέγας Κληρικός Σεντ, τα πράγματα άλλαξαν. Αντιληφθήκαμε πως το σεξ για μη αναπαραγωγικούς σκοπούς έθιγε τη φυσική τάξη των πραγμάτων. Γι' αυτό αντικαταστήσαμε τους παλιούς νόμους με τα θρησκευτικά διατάγματα του Μέγα Κληρικού.
'Ναι, αλλά δεν απολάμβανες το σεξ στα νιάτα σου, χωρίς να ανησυχείς για κάποια ανεπιθύμητη εγκυμοσύνη;' Ρώτησα.

Χλατς

Άστραψε στο μάγουλό μου, που κατακοκκίνισε από το χαστούκι που μου έδωσε η Άγκνες με απροσδόκητη δύναμη. Παρά τα 70 της χρόνια και την εύθραυστη εμφάνισή της, η αρχηγός Άγκνες αντλούσε πολλή δύναμη από το θρησκευτικό της ζήλο. Δαγκώθηκα και φοβήθηκα πως θα έπαιρνε τηλέφωνο για να με καταγγείλει στη θρησκευτική αστυνομία. Αντιθέτως, η Άγκνες με διέψευσε όταν άρχισε να κλαίει. Αν και η αντίδρασή της με εξέπλησσε, δεν συγκρατήθηκα και αγκάλιασα τη γηραιά βασανίστριά μου για να την παρηγορήσω.

'Δεν πειράζει, όλα θα φτιάξουν.' Ψιθύρισα.
'Κάποτε ήμουν σαν κι εσένα.' είπε με κλάματα.
'Πες μου τι έγινε.' Την ενθάρρυνα.
'Απολάμβανα το σεξ και έπαιρνα αντισυλληπτικά μέχρι τα 27 μου. Σε εκείνη την ηλικία θέλησα να κάνω παιδιά με τον άντρα μου τον Τζον. Τότε

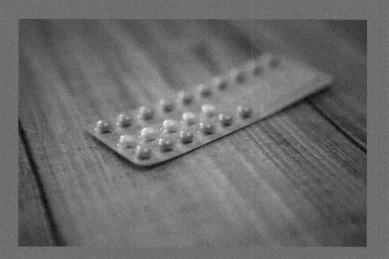

διαγνώστηκα με καρκίνο του τραχήλου της μήτρας. Τώρα είμαι γριά, μόνη και χωρίς παιδιά ή εγγόνια. Και αυτό γιατί στα νιάτα μου είχα αμαρτήσει.' Μου εκμυστηρεύτηκε η Άγκνες.
'Δεν είναι ανάγκη όμως να είσαι μόνη σου. Οι παππούδες μου έχουν πεθάνει. Μπορείς να γίνεις η θετή μου γιαγιά.' Της πρότεινα.
'Θα το ήθελες;' Με ρώτησε.
'Ναι, θα θέλαμε πολύ εγώ και ο Άντριου να μοιραζόμασταν το Κυριακάτικο τραπέζι μας μαζί σου.' Είπα με ενθουσιασμό.
'Ο Θεός να σε έχει καλά! Βρίσκω επιτέλους την εγγονή που ήθελα πάντα. Θα σου βρω αντισυλληπτικά. Αρκεί να προσεύχεσαι κάθε Κυριακή.' Απάντησε η Άγκνες.

Το δέχτηκα και χαμογέλασα. Αν και δεν μου άρεσε να προσεύχομαι, η αρχηγός Άγκνες είχε συμφωνήσει να με προστατεύσει και για την ώρα θα μπορούσα να ζήσω τη ζωή μου. Όλα τα πράγματα έχουν τη θετική πλευρά τους τελικά.

Τζέγκα αντιπαράθεσης.

'Οι αντιπαραθετικές κινήσεις είναι ο καλύτερος τρόπος για να παίζεις Τζέγκα σωστά.' Δήλωσα καθώς έβγαζα ένα ξύλινο κομμάτι από το γιγαντιαίο Τζέγκα, που ήταν το κέντρο του ενδιαφέροντος και το έβαζα δίπλα σε ένα άλλο κομμάτι. 'Τι διάολο λες τώρα πούτα;' Είπε ειρωνικά η Αμάντα Ραμίρες μέλος του καρτέλ της Βολιβίας.

Κοίταξα προσεκτικά τη γεμάτη τατουάζ δεσμοφύλακά μου. Είχε ένα θεϊκό κορμί και μερικά κουλ τατουάζ. Αν δεν είχε το ματσέτε στο χέρι, το πιστόλι χωμένο στο παντελόνι και το άγριο ύφος στο πρόσωπό της, δεν θα έλεγα όχι σε κάποιες γυμναστικές δραστηριότητες μαζί της στην κρεβατοκάμαρα.

Είμαι η Πάουλα Πάθερ, αδερφή του πολύπειρου Αυστραλού πράκτορα Μάρτιν Πάθερ, και είμαι συνηθισμένη στον κίνδυνο. Δεν είχα βρεθεί όμως ποτέ πριν σε τέτοιο μπλέξιμο. Βρισκόμουν

στη Βολιβία και είχα καθυστερήσει για ένα τουρ με καραβάκι που θα έκανα στη λίμνη Τιτικάκα, γιατί το είχα ρίξει στις εμπανάδας σαλτένιας, μια λιχουδιά του τόπου εκείνου. Προς μεγάλη μου απογοήτευση, έχασα το καραβάκι. Κι ενώ τα είχα με τον εαυτό μου για τη λαιμαργία μου και την αργοπορία μου, άκουσα μια δυνατή μουσική που προέρχονταν από κάποιο κοντινό κλαμπ. 'Vete maricón!' έλεγε η Αμάντα, που προφανώς δεν σήμαινε 'Παρακαλώ περάστε, είμαστε ανοιχτά!'

Παρά τις γλωσσικές μας δυσκολίες, καταλήξαμε να παίζουμε Τζέγκα για να περάσει η ώρα. Η Αμάντα περίμενε από το αφεντικό της να της πει αν θα με σκότωνε ή όχι, ενώ εγώ περίμενα την απαράμιλλη γοητεία μου να λειτουργήσει. Είχα την ελπίδα πως η γοητεία μου θα με οδηγούσε στο κρεβάτι αντί στον αλληλοσκοτωμό.

Δεν φαινόταν όμως να

λειτουργεί πολύ καλά η γοητεία μου εκείνη τη συγκεκριμένη μέρα και ο πύργος του Τζέγκα έμοιαζε έτοιμος να γκρεμιστεί. Τι θα μπορούσα να κάνω για να σώσω την κατάσταση; Θυμήθηκα πως στη διάρκεια του εγκλεισμού λόγω κορωνοϊού που παρακολουθούσα εξονυχιστικά τον Λούσιφερ. Αποφάσισα να ακολουθήσω τις χαρακτηριστικές κινήσεις του με την άγρια αλλά σέξι απαγωγέα μου. Την κοίταξα στα μάτια και ρώτησα. 'Αμάντα, πες μου. Τι είναι αυτό που επιθυμείς;' Την κοιτούσα για αρκετά δευτερόλεπτα, ελπίζοντας στο καλύτερο. Δεν έγινε τίποτα.

Η τρομαχτική ματιά μου έκανε την Αμάντα να θυμώσει και να φωνάξει: 'Σταμάτα να με κοιτάζεις στα μάτια, μαλάκα.'

Σκέφτηκα να ζητήσω συγνώμη, αλλά με

διέκοψε το τηλεφώνημα από το αφεντικό της Αμάντα. Δεν κατάλαβα και πολλά απ' αυτά που άκουσα να λέγονται, αλλά μια λέξη ξεχώρισα: 'Matarla'.

Κατάλαβα πως ήταν η τυχερή μου μέρα και αποφάσισα να φύγω. Βλέποντάς με, η Αμάντα μου κούνησε απειλητικά το ματσέτε της. Της ξεγλίστρησα και την παρέσυρα κοντά στο γιγάντιο Τζέγκα κάνοντάς το να γκρεμιστεί πάνω της.

Αυτό την έβγαλε νοκ άουτ και ήμουν ελεύθερη να φύγω. Σκέφτηκα να κάνω το καλό κορίτσι και βοηθήσω τη νικημένη αντίπαλό μου, αλλά προτίμησα να βγω από εκεί ζωντανή. Πήγα προς την πόρτα και πριν να βγω, φώναξα 'Τζέγκα!'

Από την κηδεία στο γάμο

Όχι, Ντομινίκ, γιατί να πεθάνεις;' Η Λίζα φώναζε και χτυπούσε το φέρετρο μέσα στην κατάμεστη εκκλησία.

Ο Ντομινίκ Μορέλ ήταν διάσημος κωμικός και η Λίζα είχε υποθέσει πως της έκανε πλάκα όταν της τηλεφώνησε από το νοσοκομείο για να της πει ότι πεθαίνει. Ισχυρίστηκε πως πέθαινε από την υπερ-γρίπη, αυτήν που χρησιμοποιούσε η κυβέρνηση για να έχει υπό τον έλεγχό της τις μάζες των αδαών. Αλλά, ορίστε, βρισκόταν στην κηδεία του αρραβωνιαστικού της και το χειρότερο ήταν πως η κηδεία έπεσε την ίδια μέρα που είχαν προγραμματίσει το γάμο τους.

Ο Ντομινίκ ήθελε τα πράγματα να γίνουν με το δικό του τρόπο. Τα τελευταία του λόγια, που τα είπε σε μια τηλεδιάσκεψη στο Zoom ήταν 'Σε παρακαλώ, την κράτηση που κάναμε στην εκκλησία για το γάμο μας, να τη χρησιμοποιήσεις για την κηδεία μου. Δεν θέλω να πληρώνω δυο φορές εκκλησία.' Ο Ντομινίκ πέθανε μόνος του στην απομόνωση μετά το διάταγμα του Σκέρυ Μορρισσέτ 'Καλύτερα να πεθαίνουν οι άνθρωποι μόνοι και απομονωμένοι' του 2020.

Η Λίζα ξερόβηξε και κοίταξε τους παρόντες φίλους, συγγενείς και εκπροσώπους του τύπου. 'Ο Ντομινίκ ήταν ένας σπουδαίος άνθρωπος και είμαι σοκαρισμένη από το θάνατό του. Δεν έπρεπε να γίνει αυτό. Είχαμε σκοπό να παντρευτούμε αυτήν ακριβώς τη μέρα.' Η Λίζα αναστέναξε και άρχισε να κλαίει. Τα επαναλαμβανόμενα φωτογραφικά φλας την τύφλωσαν και κοίταζε το πλήθος με

άδεια μάτια.

'Γεια σας! Είμαι κολλημένος εδώ μέσα. Κάποιος να με βγάλει έξω, σας παρακαλώ! Έχω αργήσει στο γάμο μου!' Ο Ντομινίκ φώναζε μέσα από το φέρετρο.
Η Λίζα τρόμαξε, αλλά ακούγοντας τη φωνή του Ντομινίκ, γέμισε με ελπίδα. Άρπαξε ένα ψαλίδι και έκοψε την κορδέλα που ήταν τυλιγμένη στο φέρετρο. Πήρε μια βαθιά ανάσα. Είχε την ελπίδα να δει τον Ντομινίκ ολοζώντανο με κάποια αστεία γκριμάτσα στο πρόσωπο. Φοβόταν όμως κιόλας πως πράγματι είχε πεθάνει από την υπερ-γρίπη τελικά, και μόνο της είχε αφήσει κάποια ηχογράφηση ως ένα τελευταίο πείραγμα.

Η Λίζα άνοιξε το φέρετρο και πρόβαλε ο Ντομινίκ με ένα μεγάλο χαμόγελο. 'Γεια σου Λίζα. Ανυπομονείς για το γάμο μας;' Είπε εύθυμα.
'Είσαι ζωντανός! Αλλά πώς έγινε αυτό; Ήσουν θετικός στην υπερ-γρίπη και την τελευταία φορά που σε είδα ήσουν

ετοιμοθάνατος.' Αναρωτήθηκε η Λίζα.
'Ναι. Όπως αποδείχθηκε, ήμουν χάλια από το μεθύσι και η νοσοκόμα έκανε το τεστ σε μια παπάγια κατά λάθος.' Είπε ο Ντομινίκ με φωνή σαν από πουλί.
'Ναι, αλλά γιατί έκανες τον πεθαμένο;' Ρώτησε η Λίζα.
'Φοβήθηκα πως ο Σκέρυ θα απαγόρευε το γάμο μου. Ήξερα όμως πως δεν θα μπορούσε να απαγορεύσει την κηδεία μου.' Εξήγησε ο Ντομινίκ. 'Είσαι ιδιοφυΐα. Γι' αυτό σ' αγαπάω.' Του είπε η Λίζα και τον φίλησε.

Μετά το γάμο, η Λίζα και ο Ντομινίκ έζησαν ευτυχισμένοι μαζί για πολλά χρόνια. Ο Σκέρυ αντιθέτως, είχε τραγικό τέλος. Θύμωσε τόσο πολύ με αυτή τη φάρσα, που πνίγηκε με τη μάσκα του και πέθανε.

Βγάλε τη γάτα έξω

Με λένε Σμόκι και είμαι μια γάτα τεσσάρων χρονών. Ζω μαζί με τον πιο εκκεντρικό άνθρωπο, το Τζον. Το μόνο που κάνει είναι να κοιτάζει τον υπολογιστή του και να πατάει κουμπιά. Δεν μπορώ να καταλάβω πως μπορεί να είναι ικανοποιημένος με μια τόσο μίζερη ζωή. Η δικιά μου η ζωή έχει πολύ περισσότερο ενδιαφέρον. Έχω άφθονη τροφή και πέντε τέλεια μέρη για να κοιμάμαι στο διαμέρισμα του Τζον. Τι παραπάνω να ζητήσει από τη ζωή ένα κορίτσι;

Το μόνο θέμα μου με τον άνθρωπο-υπηρέτη μου είναι πως είναι κουφός. Γιατί όποτε του ζητάω φαγητό δε γίνεται τίποτα. Πρέπει να τριφτώ επάνω του για να πάρει χαμπάρι και πάλι, πολλές φορές το παρεξηγεί και νομίζει πως θέλω αγκαλιές. Γελοίο! Αλλά όπως είπα και πριν, άφθονο φαγητό και πέντε άνετα σημεία για ύπνο. Η ζωή είναι ωραία!

Ξύπνησα από τον υπνάκο μου όταν άκουσα έναν ήχο σαν τσιρίδα. Ήταν ένα ποντίκι! Αν και ο Τζον δεν μου το είχε πει ποτέ κατηγορηματικά, υπέθετα πως το να σκοτώνω ποντίκια ήταν μέρος των επαγγελματικών μου καθηκόντων.

Προχώρησα στα κρυφά κατά το ποντίκι

και τότε μου κατέβηκε μια ιδέα: το να παραμονεύω ένα ποντίκι ήταν το πιο συναρπαστικό πράγμα που είχα κάνει εδώ και χρόνια. Πολύ πιο ενδιαφέρον από το να βλέπω τον Τζον να κοιτάζει τον υπολογιστή. Κι αν έκανα φίλο το ποντίκι για να παίζουμε κρυφτό κάθε μέρα; Αυτό θα έδινε πολύ περισσότερο ενδιαφέρον στα οκτώ χρόνια που μου απέμεναν να ζήσω, από το να σκοτώσω το ποντίκι.

Πήγα κοντά στο ποντίκι και είπα 'Νιάου.' Ήταν κάπως ασύντακτο αυτό, γιατί στην πραγματικότητα ήθελα να πω 'Γεια, με λένε Σμόκι και βαριέμαι. Ας γίνουμε φίλοι.'

Το ποντίκι είπε, 'Πιπ, σκουίκ' και έτρεξε μακριά. Τι αγένεια! Παλιοποντίκι, δεν έχεις καθόλου τρόπους. Θα περίμενα να μου συστηθείς πιο ευγενικά.

Κατάλαβα πως μάλλον υπήρχε ένα φράγμα επικοινωνίας μεταξύ των ειδών μας. Μόνο ένας τρόπος υπήρχε για να λυθεί αυτή η παρεξήγηση. Να κυνηγήσω το ποντίκι, να το βάλω κάτω και να του εξηγήσω τις προθέσεις μου. Δε θα ήταν εύκολο, αλλά δεν είχα και κάτι καλύτερο να κάνω.

Το είπα και το έκανα, το κυνήγησα. Μετά από λίγο κυνηγητό, το έπιασα. Το κράτησα κάτω με το δεξί μου μπροστινό πόδι ενώ συγκρατούσα τα νύχια μου μέσα για να μην τραυματίσω τον καινούριο μου φίλο. Κοίταξα στα μάτια το ποντίκι και μίλησα.

'Νιάου, νιάου.'

'Πιπ, πιπ.'

'Νιάου, νιάου.'

Μετά από την άκαρπη αυτή συζήτηση, το ποντίκι προσποιήθηκε το πεθαμένο. Πολύ αστείο. Ένιωθα το σφυγμό του. Μετά από λίγο όμως, άρχισα να ανησυχώ. Κι αν το είχα σκοτώσει άθελά μου; Πήρα το πόδι μου από πάνω του και αμέσως αντιλήφθηκα πως δεν είχα ενεργήσει σωστά.

'*Μπιπ* σου! Είπε το ποντίκι, δάγκωσε τη μύτη μου και το 'σκασε.

Το πήρα απόφαση πως δεν θα έκανα καινούριο φίλο σήμερα. Είχε έρθει η ώρα να κάνω τη δουλειά μου και να σκοτώσω το ποντίκι! Το κυνήγησα κι αυτό έτρεξε και πήδηξε μέσα στην τσάντα του Τζον για να κρυφτεί. Πήδηξα κι εγώ πίσω του και μπαίνοντας μέσα, η τσάντα αναπήδησε κι έκλεισε μόνη της. Έμεινα κάγκελο.

'Νιάου, νιάου, νιάου' φώναξα, αλλά μάταια αφού ο Τζον ήταν κουφός.

Από την άλλη πλευρά βέβαια, ήμουν κλεισμένη σε ένα μικρό χώρο μαζί με ένα ποντίκι, και είχαμε αρκετό χρόνο διαθέσιμο για να λύσουμε τις πολιτισμικές διαφορές μας. Έμαθα πως ήταν ποντικίνα, λεγόταν Σκουίκι και είχε 72 παιδιά. Τα άφησε όμως όλα πίσω στην Ασία, όταν επιβιβάστηκε σε ένα εμπορικό πλοίο που πήγαινε Αυστραλία. Ζήλεψα λίγο που η ποντικίνα είχε τόσα πολλά παιδιά ενώ εγώ δεν είχα ούτε ένα. Αλλά βέβαια, εγώ δεν φοβόμουν για τη ζωή μου, ούτε είχα ανάγκη να τρώω από τα σκουπίδια. Ορίστε!

Τελικά ο Τζον πήρε την τσάντα μέσα στην οποία βρισκόμασταν, για να πάει στη δουλειά. Σκέφτηκα να την ταρακουνήσω για να τον ειδοποιήσω για την παρουσία μου

εκεί, αλλά το απέρριψα. Η Σκουίκι είχε ζήσει μια πολύ ενδιαφέρουσα ζωή και δεν έβλεπα την ώρα να δω τον έξω κόσμο επίσης!

Μετά από λίγο, ο Τζον άφησε την τσάντα κάτω και τον άκουσα να χτυπάει σε κάποιο πληκτρολόγιο της δουλειάς του, όπως έκανε πάντα. Τι βαρετή η ζωή αυτού του ανθρώπου! Ύστερα άκουσα μια γυναικεία φωνή να λέει:

'Τζον, μπορείς να έρθεις στο γραφείο μου, να μου δείξεις το καινούριο σου πρωτότυπο;' Ο Τζον πήρε την τσάντα του και την έβαλε σε ένα τραπέζι. Την άνοιξε και σήκωσε την Σκουίκι ενώ κοίταζε την αφεντικίνα του.

'Έεε! Γιατί μου δίνεις ένα ποντίκι;' Φώναξε η αφεντικίνα.

'Α! Τι είναι αυτό; Φώναξε ο Τζον και πέταξε τη Σκουίκι στον τοίχο. Σηκώθηκα για να δω αν η Σκουίκι ήταν καλά.

'Νιάου, νιάου!' (Κάποιος να φωνάξει έναν κτηνίατρο, παρακαλώ!) νιαούρισα.

Αλλά δεν ήρθε κανένας κτηνίατρος. Ήρθε όμως ένα ασθενοφόρο λίγο αργότερα για να πάει την αφεντικίνα του Τζον στο νοσοκομείο. Μάλλον η αφεντικίνα είχε κάποια σοβαρή αλλεργία στις γάτες. Ποιος να το 'λεγε;

Στο τέλος, επιβίωσαν απ' αυτή τη δοκιμασία και η Σκουίκι και η αφεντικίνα του Τζον, αλλά ο Τζον έχασε τη δουλειά του εξαιτίας του γεγονότος. Αυτό σήμαινε πως θα είχε περισσότερο χρόνο για να με κανακεύει και να μου κάνει παρέα. Μερικές φορές συμβαίνουν ωραία πράγματα όταν βγάζεις τη γάτα έξω.

ΕΥΧΑΡΙΣΤΟΥΜΕ ΠΟΥ ΔΙΑΒΆΣΑΤΕ ΑΥΤΟ

Αν βρείτε το στυλ γραφής μου ευχάριστο να διαβάσετε, ρίξτε μια ματιά και ρίξτε μια ματιά στα μυθιστορήματά μου. Τα βιβλία μου είναι διαθέσιμα ως ηλεκτρονικά βιβλία, ηχητικά βιβλία, χαρτόδετα βιβλία καθώς και σκληρό εξώφυλλα. Μεταβείτε στον ιστότοπό μου:

www.martinlundqvist.com

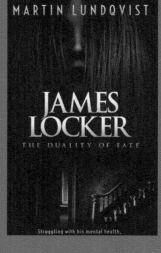

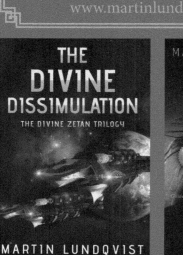

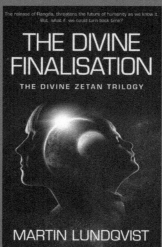

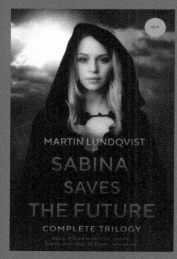

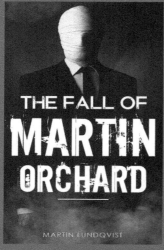

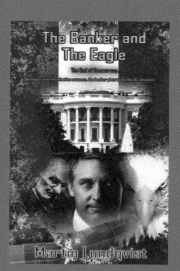

Lightning Source UK Ltd.
Milton Keynes UK
UKHW021035120121
376840UK00002B/87